Ashley Gilmore

Schneewittchens Tochter

Julia

Princess in love 4

Julia – Schneewittchens Tochter
Princess in love 4

ISBN-13: 978-1533522726

Kontakt: autorinashleygilmore@hotmail.com

Email: ashleygilmore.jimdo.com

Lieben wir sie nicht alle, die klassischen Märchen um Dornröschen, Schneewittchen und Co.? Wer aber wusste, dass diese inzwischen heranwachsende Töchter haben, die auf der Suche nach ihren eigenen Prinzen sind? Nach ihrem Abschluss an der Crown School absolvieren die Prinzessinnen ein 6-monatiges Magical in der Realen Welt – Zauber und Liebe inklusive. Aber welche von ihnen will am Ende überhaupt noch zurück nach Fairyland?

Schneewittchens Tochter Julia darf ihr Magical in Los Angeles verbringen. Dort arbeitet sie als Kellnerin in einem kleinen Diner, wo sie den Gästen aber nicht nur Burger und Fritten serviert, sondern auch gute Ratschläge in Sachen Liebe. Schon bald stehen die Leute Schlange bei ihr, denn es spricht sich herum, dass sie getrennte Liebende wiedervereint, hoffnungslosen Junggesellen zu ihrem Glück verhilft und vor allem, dass sie selbst noch Single ist.

Love

FAIRYLAND

Kapitel 1

»Los Angeles?« Mit großen Augen starrte Julia auf den Zettel, den sie soeben aus dem Hut gezogen hatte.

Mr. Everafter hatte an ihrem goldenen Pult Halt gemacht, damit sie ihren Magical-Ort erfuhr, jetzt war er bereits ganz hinten im Klassenzimmer angelangt und machte die anderen Prinzessinnentöchter glücklich oder todunglücklich.

Gerade erst hatten sie von Mrs. Happy erfahren, dass es für die diesjährige Abschlussklasse nach Amerika gehen sollte. Viele ihrer Freundinnen schienen schwer enttäuscht, hatten sie sich doch ganz andere Ziele ausgemalt wie etwa Rom oder Paris, die weiten Strände Thailands oder die grünen Hügel Schottlands. Romantische Orte, an denen sie die Liebe versprühen konnten. Denn darauf kam es bei ihrem Magical an: Sie sollten den Menschen in der Realen Welt die Augen wieder öffnen für die schönen Dinge wie Liebe und Magie.

Einige der Mädchen schienen sich aber dennoch zu freuen. Die sechsmonatige Auszeit von der Märchenwelt war für alle eine aufregende

Angelegenheit, da war es vielen von ihnen ganz gleich, wo es hinging.

Julia vernahm Worte wie Miami oder Nashville. Cinderellas Tochter Lizzy hatte New York gezogen und Dornröschens Tochter Rosaly freute sich anscheinend über ihren Magical-Ort New Orleans ebenso sehr.

Und sie selbst ... sie konnte es noch gar nicht fassen.

Seit sie erfahren hatte, dass es für sie nach Amerika gehen sollte, hatte sie sich tief in ihrem Herzen gewünscht, sie würde Los Angeles ziehen. Dies hatte zwei Gründe: Erstens hatte sie schon viel von Los Angeles gehört, auch von den langen Sandstränden, den Palmen, dem strahlend blauen Himmel und dem Sonnenschein das ganze Jahr über. Zweitens war ihr sehr wohl bewusst, dass in dieser Stadt namens Los Angeles Hollywood lag, der Ort, wo all die hinreißenden Filmstars lebten.

Julia war ganz hin und weg von Hollywood-Filmen. Obwohl diese eigentlich in Fairyland verboten waren, hatte sie sie sich doch heimlich angesehen. Sie wusste, dass sie, sollte sie dabei erwischt werden, sofort von der Crown School geworfen, ja, vielleicht sogar aus ihrem Königreich verbannt werden würde, doch sie konnte einfach nicht anders. Sie hatte ihre große Leidenschaft gefunden. Sie wusste, wo man die heiße Ware herbekam, und im Gegensatz zu den anderen

Prinzessinnen war sie nicht so brav und befolgte immer alle Regeln.

Julia war schon immer ein kleiner Wildfang gewesen, hatte sich auf die Suche nach Abenteuern gemacht, war ungestüm und neugierig gewesen und hatte schon als kleines Mädchen viel Unsinn getrieben und viel zu viele Fragen gestellt – sehr zum Leidwesen ihrer Mutter Schneewittchen. Diese war zwar selbst unter Zwergen aufgewachsen und hatte auch viele Abenteuer erlebt, bevor sie ihren Prinzen heiratete und eine Familie gründete, dennoch konnte sie nicht verstehen, warum ihre Jüngste sich nicht mit dem Leben als Märchenprinzessin zufriedengeben konnte.

Julia wollte mehr.

Sie wollte die Welt entdecken – die Reale Welt. Und dass es jetzt endlich soweit sein sollte, war an sich schon Aufregung genug. Dass nun aber auch noch ihr größter Wunsch wahrwerden würde, war beinahe mehr, als sie begreifen konnte. Sie konnte es nicht fassen. Los Angeles – ihr Los Angeles.

Sie würde tatsächlich ihre größten Idole wie Marilyn Monroe und Audrey Hepburn kennenlernen. Oh, das würde einfach wundervoll werden.

Sie schmiedete schon Pläne in ihrem Prinzessinnenkopf. Sie würde sich mit den großen Film-Diven anfreunden und so ebenfalls Fuß in der Filmindustrie fassen. Ja, sie würde selbst zum Filmstar werden und die ganze Reale Welt würde sie kennen. Und wenn dann demnächst wieder neue Filme nach Fairyland geschmuggelt würden, würde sie eine der Darstellerinnen darin sein.

Julia strahlte bis über beide Ohren.

War es Glück? War es Schicksal? War es ein höheres Wesen, das sie erhört hatte? Hatte eine der guten Feen in ihren Augen gesehen, was sie so sehr begehrte und hatte sich ihrer erbarmt und den Zauberstab geschwungen?

Es war nicht wichtig. Sie war einfach nur dankbar für diese wunderbare Gelegenheit, die schon bald auf sie wartete.

Mit einem breiten Grinsen im Gesicht hörte sie Mrs. Happy zu, wie sie weiter über Amerika redete.

Die Kinder hätten überhaupt keinen Sinn für Märchen mehr, die Menschen glaubten nicht mehr an Magie. Das Märchenbarometer in Amerika sei im vergangenen Jahr tiefer gesunken als in jedem anderen Land auf der Welt. Das Land müsse dringend gerettet werden, sonst wäre es dem Untergang geweiht ... Doch Julia hörte nur *Amerika*. Und es klang in ihren Ohren ganz wundervoll.

Amerika. Los Angeles. Ein Traum wurde wahr.

Kapitel 2

Noch immer völlig verzückt begab Julia sich in ihr Gemach im Dachgeschoss der Burg, in der die Crown School untergebracht war. All die Töchter der Prinzessinnen von Fairyland besuchten dieses Internat und waren hier in den letzten Jahren auf die Aufgaben vorbereitet worden, die sie nach ihrem Abschluss erfüllen sollten. Wenn ihnen nämlich die Krone übergeben und sie zu echten Prinzessinnen gekürt werden würden.

Nur ein Hindernis stand ihnen allen noch im Weg, das sie überwinden mussten. Eine letzte Prüfung, die sie zu bestehen hatten – mit Grazie und einem Lächeln auf den Lippen. Dies war das sechsmonatige Magical, auf das sie alle geschickt wurden – jede an einen anderen Ort in der Realen Welt. Dort sollten sie unter realen Menschen leben und ihnen die guten alten Märchen wieder näherbringen. Sie sollten Liebe verbreiten, Zauber versprühen und Magie verstreuen.

Für Julia war das aber alles nebensächlich. Natürlich würde sie auch versuchen, all diese Dinge so gut wie möglich auszuführen. Aber sie würde eines noch viel mehr tun: die Zeit in der Realen Welt genießen!

Sie wollte endlich frei sein, ohne von morgens bis abends beobachtet zu werden, ohne tagein, tagaus auf ihre Manieren achten zu müssen. Sie wollte viele wunderbare Leute kennenlernen, die nicht so perfekt waren, wie man es in Fairyland zu sein hatte. Sie wollte Abenteuer erleben, in die Welt der Stars und Sternchen eintauchen, Prominente treffen. Sie wollte Champagner trinken bis zum Umfallen, auf Tischen tanzen und die Nächte durchfeiern – ohne dabei an ihren Schönheitsschlaf zu denken.

Oh ja, all das würde sie tun.

Auf ihrem Zimmer angekommen, schloss sie zuallererst die Tür und schob die kleine Kommode davor, damit auch niemand sie stören konnte. Schlüssel waren an der Crown nämlich nicht gestattet.

In ihrem zauberhaften roséfarbenen Kleid kroch sie unter ihr Bett und holte ihren größten Schatz hervor: ein Kästchen, in dem sie ihre Zeitschriften aufbewahrte – ihre verbotenen Zeitschriften. Sie hatte sie auf dem Schwarzmarkt ergattert und sie bereiteten ihr stets die allergrößte Freude.

Sie schlug die erste mit dem Namen *Glamour* auf der Titelseite auf und blätterte darin. Es blickten ihr Gesichter entgegen, perfekt geschminkt und frisiert, die es alle geschafft hatten in Hollywood. Sie hießen Elizabeth Taylor, Judy Garland, Ava Gardner, Jene Harlow und Marilyn Monroe – und sie alle waren wunderschön. So schön, dass Julia es kaum ertragen konnte. Weil sie auch so schön sein, so hübsch zurechtgemacht, so berühmt sein wollte. Weil sie auch diese engen Kostüme und tief ausgeschnittenen Kleider mit einem Schlitz am Bein tragen wollte statt immer diese grässlichen, pompösen Prinzessinnenkleider mit einem Reifrock, in denen man sich kaum rühren konnte. Auf Tischen tanzen konnte man damit bestimmt nicht.

Sie blätterte weitere Zeitschriften durch, *Vogue*, *Elle*, ... und sie erstrahlte. Denn jemand ganz Besonderes blickte ihr entgegen. Es gab nämlich jemanden, den Julia am allerliebsten hatte, und das war Audrey Hepburn.

Sie hatte einmal einen Film namens *Sabrina* gesehen und war hin und weg gewesen von der Eleganz und dem Können der Schauspielerin. Dann hatte sie *Frühstück bei Tiffany* gesehen und es war völlig um sie geschehen. Ihr größter Traum war es, einmal an Audreys Seite eine Rolle in einem Film zu spielen.

Julia verlor sich in den Seiten, bis plötzlich ein Klopfen an ihrer Tür ertönte. Sie schreckte auf, versteckte das verbotene Material schnell wieder unter dem Bett und ging zur Tür.

»Wer ist da?«, fragte sie durch das dicke Holz hindurch.

»Ich bin es, Mrs. Wonderful.« Oh, es war die gute Fee der Crown, ihre ständige Aufpasserin und Anstandsdame. »Geht es dir gut, Julia? Du bist nicht zum Abendessen erschienen.«

Herrje. Hatte sie das Läuten überhört? Sie sah auf die Sonnenuhr und erkannte, dass das Dinner beinahe schon vorbei war. Sie waren sicher schon beim Dessert.

Schnell schob sie die Kommode zur Seite – so leise wie möglich – und öffnete die Tür. dabei strich sie sich ihr dunkelrotes Haar glatt.

»Entschuldigen Sie, Mrs. Wonderful. Ich war eingenickt.«

Die Fee mit den hellgrünen Flügeln und dem rosafarbenen Haar sah sie eingehend an. »Eingenickt? Am helllichten Tag?«

»Ich ... ich fühlte mich nicht besonders gut. Es tut mir leid.«

Mrs. Wonderful befühlte ihre Stirn. »Das muss die Aufregung gewesen sein. Du hast heute deinen Magical-Ort erfahren. Bist du denn zufrieden mit ihm?«

Julia nickte und versuchte, dabei nicht zu euphorisch auszusehen.

»Schön, schön. Nun komm mit herunter, oder geht es dir noch immer nicht besser?«

»Doch, doch, es geht mir bestens. Das Nickerchen hat mir gut getan.«

Sie schämte sich. Weil sie Mrs. Wonderful anlog. Eine der goldenen fünf Regeln besagte, dass man stets ein freundliches Wort sprechen sollte, und das beinhaltete natürlich auch, das man immer – IMMER – die Wahrheit zu sagen hatte.

Aber es ging halt nicht anders. Sir durfte ihre Geheimnisse nicht preisgeben, sonst würde sie von der Crown verwiesen werden und dürfte nicht auf ihr Magical gehen. Und das musste sie doch! Unbedingt! Sie musste nach Los Angeles gelangen. Nach Hollywood, dem Ort ihrer Träume.

Oh, sie war so glücklich, man konnte es gar nicht in Worte fassen. Und während sie an diesem Abend auf ihrem Hasenbraten kaute, konnte sie an nichts anderes denken als daran, dass sie in nur vier Wochen selbst in Hollywood sein würde, bei ihren großen Vorbildern, den Starts der Filmwelt.

Kapitel 3

»Weißt du schon, was du in Los Angeles tun möchtest, liebste Julia?«, fragte Heather, Belles Tochter, sie etwa zwei Wochen später.

Sie hatten gerade die letzte Abschlussprüfung hinter sich – im Fach Literatur der Märchenwelt.

Julia nahm sofort wieder einen schwärmenden Ausdruck an. »Ich möchte Schauspielerin werden!«

»Oh. Im Theater?«

»Nein, im Film.«

»Was ist das? Ein Film?«

»Es ist etwas Wunderbares.«

Sie konnte gar nicht glauben, dass die gute Heather noch nichts davon gehört hatte. Sie war eindeutig eine der artigen Prinzessinnen, die sich niemals auf nach Darkville gemacht hätten, der düsteren Gegend von Fairyland.

»Es sind praktisch Theaterstücke, nur sind diese aufgenommen und man kann sie sich immer wieder ansehen.«

Heather sah sie kritisch an. »Woher weißt du denn von diesen Dingen?«

»Ich weiß sie eben. Erzähl aber niemandem davon! Du musst es mir hoch und heilig versprechen!«

Heather legte eine Hand aufs Herz. »Ich verspreche es hoch und heilig, auch wenn ich nicht gutheißen kann, wenn du etwas ... etwas ...«

»Wenn ich etwas Verbotenes tue? Ach, Heather, sei doch nicht so eine Spielverderberin. Es gibt so viel mehr zu entdecken, schon bald wirst du es auch können, wenn du erst mal in der Realen Welt bist.«

Heather nickte und schien nachzudenken.

»Aber Julia, denkst du nicht, wir sollten lieber mit Kindern arbeiten oder mit Märchenbüchern? Eine Tätigkeit in der Bücherei wäre gut, da könnten wir die guten alten Märchen an die Leute bringen.«

So etwas hatte Heather also im Sinn? Nein, danke, das sah Julia aber ein wenig anders.

»Papperlapapp«, sagte sie schnippisch. »Ich werde ein Filmstar! Und ich werde die Menschen auch auf diese Weise erfreuen können. Ich kann ja in Märchenfilmen mitspielen.«

»Aber wenn das nun nicht funktioniert, Julia? Was, wenn du es nicht schaffst?«

»Ich bin eine Prinzessin! Natürlich werde ich es schaffen! Warum sollte ich nicht?«

»Dein Selbstbewusstsein möchte ich haben, gute Julia. Und falls es doch nicht klappt, habe ich schon eine Alternative für dich. Ich habe nämlich von einem Märchenland in der Realen Welt gehört – ganz in der Nähe von deinem Los Angeles. Es nennt sich Disneyland. Dort könntest du doch als Schneewittchen anfangen, wäre das nicht perfekt? Du könntest viele kleine Kinder erfreuen und ihnen die Märchen wieder näherbringen.«

»Pah! Ich soll eine Märchenprinzessin spielen? Du schlägst mir tatsächlich vor, dass ich dort dasselbe tue wie hier? Ich will doch endlich einmal etwas anderes machen, etwas Aufregendes. Ich möchte neue Dinge kennenlernen, wunderbare Erfahrungen sammeln. *Das* wäre nun wirklich das Letzte, was ich tun würde.«

»Oh.« Heather schien ein wenig beleidigt zu sein, weil ihr ihr Vorschlag nicht gefiel.

»Was möchtest du denn eigentlich tun in ... wo geht es für dich noch gleich hin?«, fragte sie, um von sich abzulenken.

»Nach Atlanta.«

»Was hast du vor, in Atlanta zu tun? Willst du etwa als Bibliothekarin arbeiten?«

Heathers braune Augen bekamen einen magischen Ausdruck.

»Nein, nein. Ich habe einen Traum – den Traum von einer eigenen Bäckerei. Ich würde so gerne einen kleinen Laden haben, wo ich meine Küchlein an die Leute bringen könnte. Ich würde sie mit ganz viel Glitzer und Herzchen und Blümchen verzieren.«

Jeder auf der Crown wusste, dass Heather eine begnadete Bäckerin war und wie gerne sie backte. Manchmal begab sie sich sogar in die Küche und half dem Personal bei den Desserts.

»Das hört sich toll an. Aber was genau ist denn nun an deiner Aufgabe märchenhafter als an meiner?«, wollte Julia wissen.

Heather lächelte verschwörerisch. »Na, ich würde natürlich eine ganz besondere Zutat in meinen Teig geben.«

»Aaah, ich verstehe. Du willst die Menschen verzaubern.« Sie zwinkerte ihr mit einem Auge zu.

»Vielleicht.« Heather kicherte, wie ein kleines Kind, das ein Geheimnis hatte.

Ein bisschen was Schelmisches hatte Heather doch an sich, weshalb sie auch ihre liebste Freundin war.

Im Gegensatz zu einigen der anderen Prinzessinnen, die ein Herz und eine Seele miteinander waren wie zum Beispiel Wanda und Tania oder Lizzy und Rosaly, hatte Julia keine allerbeste Freundin. Sie verstand sich zwar mit allen gut, aber bisher war sie in Fairyland auf niemanden gestoßen, der so war wie sie, der sie verstand.

Sie hoffte sehr, dass das in der Realen Welt anders sein würde.

»Na, dann wünsche ich dir alles Gute für deine Bäckerei«, sagte Julia und meinte es ganz ehrlich.

»Ich danke dir, meine Liebe. Und ich wünsche dir nur das Beste für deine Schauspielkarriere. Du wirst es bestimmt schaffen, du bist eine der schönsten Prinzessinnen von ganz Fairyland.«

Julia errötete. »Meinst du wirklich?«

Nun ja, sie konnte sich nicht über zu wenige Verehrer beklagen und sie wusste selbst, dass sie kein hässliches Entlein war. An eine Rosaly oder eine Wanda kam sie allerdings nicht heran, und an eine Audrey Hepburn schon gar nicht.

»Unbedingt!«, sagte Heather und nickte heftig, um ihrer Aussage noch ein bisschen mehr Aufrichtigkeit zu verleihen.

»Du bist wirklich lieb, Heather. Ich werde dich vermissen.«

»Und ich werde dich vermissen, meine liebe Julia. Ganz arg sogar.«

Julia dachte über etwas nach, das ihr in letzter Zeit des Öfteren durch den Kopf gegangen war. Was, wenn es ihr in der Realen Welt so gut gefiel, dass sie dort bleiben wollte? Sie wäre nicht die Erste. Sogar ihre Schwester Ruby war nach ihrem Magical im letzten Jahr nicht zurückgekehrt. Sie lebte jetzt ein aufregendes Leben in Venedig, zumindest glaubte sie das. Wissen konnte sie es nicht, da den Prinzessinnen, die sich zu diesem Ausgang entschlossen, jeder weitere Kontakt nach

Fairyland und ihren Familien verwehrt wurde. Julia war sich aber sicher, dass es Ruby gutging, dort, wo sie jetzt war, das spürte ihr Schwesternherz.

Selbst die gute Heather hatte eine ihrer Schwestern an die Reale Welt verloren, nur verscheuchte Heather diese Tatsache immer aus ihren Gedanken. Julia dagegen konnte an kaum etwas anderes denken. Sie hatte nämlich die wage Hoffnung, Ruby aufsuchen zu können, wenn sie in der Realen Welt war. Wie schön es wäre, sie endlich wieder in die Arme schließen zu können und zu erfahren, wie es ihr ergangen war und was sie alles Spannendes erlebt hatte.

»Wollen wir einen Spaziergang machen?«, schlug Heather vor.

»Ja, gerne.«

Während sie durch den Burggarten schritten, wo farbenfrohe, wohl duftende Blumen blühten, wo niedliche kleine Vögel ihre Lieder zwitscherten, wurde Julia doch ein wenig mulmig.

Könnte sie das alles wirklich hinter sich lassen, mit der Gewissheit, nie wieder zurückkehren zu können? Würde sie zurechtkommen da draußen in der großen weiten Welt?

Ach, weshalb sollte sie sich Sorgen machen? Sie war eine Märchenprinzessin – ihr war das Glück in die Wiege gelegt worden. Es würde sicher alles gut werden, ja, das würde es. Vielleicht sogar viel besser als gut – sie würde es bald herausfinden.

Kapitel 4

Julia hatte sich davongeschlichen und sich auf nach Darkville gemacht, den Ort in Fairyland, den die Prinzessinnen nie und nimmer aufzusuchen hatten. Denn es wimmelte dort nur so von Wesen wie Hexen, Kobolden und Nachfahren der bösen Königin, die allesamt nur Ärger im Sinn hatten.

Doch Julia kam nicht zum ersten Mal in diese dunkle Gegend. Dieses Dorf mit den schwarzen Häusern, den angsteinflößenden Schatten und den finster aussehenden Gestalten war der einzige Ort, wo sie ihre geliebten Zeitschriften bekommen konnte.

Ein kalter Schauer überkam sie. Sie fröstelte in ihrem rosa Kleid, das keine Ärmel hatte. Sie zog sich ihre Stola dichter um die Schultern und hielt sie vorne zu, doch es wurde kälter und kälter.

»Was willst du hier, Prinzesschen?«, hörte sie es auf einmal hinter sich.

Trotz der Furcht in ihrem Herzen musste sie lächeln. Sie drehte sich um.

»Lucilla.«

Sie hatte sie nicht suchen müssen, denn Lucilla hatte sie schon von allein gefunden. So war es jedes Mal. Als könnte sie ihr Prinzessinnenblut riechen.

»Julia.« Das bleiche Mädchen mit dem rabenschwarzen Haar und dem dunkelgrauen Kleid lächelte sie an. Es war ein verbotenes Lächeln, ein Lächeln, das aussagte: „Du böses, kleines Mädchen, ich halte dein Leben in meinen Händen."

Und so sehr Julia auch wusste, wie falsch es war, immer wieder herzukommen, so wusste sie auch, dass sie nicht anders konnte.

Julia lächelte zurück, ihr Lächeln jedoch freundlich wie immer. Sie würde sich nicht aus der Ruhe bringen lassen, sie musste selbstbewusst und sicher auftreten, denn sonst wäre sie dem Untergang geweiht und könnte sich gleich den Wölfen zum Fraß vorwerfen.

»Vielen Dank übrigens für deinen guten Rat. Seit ich meinem Nathan die kalte Schulter zeige, kommt er angekrochen wie ein Schoßhündchen.« Lucilla lachte.

»Ich helfe doch immer gerne.«

»Also, wieso bist du hier?« Die Tochter der bösen Königin sah sie an.

Lucilla war eines der vielen, vielen Kinder der bösen Königin. Ja, es waren so viele, man konnte sie kaum mehr zählen, und sie alle waren dazu verdammt, ihr Unwesen zu treiben. Nicht nur einmal hatte Julia sich gefragt, ob Lucilla nicht auch lieber ein besseres Märchenwesen wäre, wunderschöne Kleider tragen und die Crown besuchen würde. Doch dieses Privileg war ihr natürlich verwehrt – obwohl sie eine Fairyland-Prinzessin war.

»Ich brauche Nachschub«, sagte Julia nun. »Hast du neue Magazine da?« Sie flüsterte es hinter vorgehaltener Hand, damit keiner es hörte. Aber wer sollte es schon hören? Niemand kannte sie hier, das glaubte sie zumindest.

Lucilla grinste nur. »Ich habe noch was viel Besseres.«

Julia machte große Augen. »Einen neuen Film etwa?«

Lucilla nickte. »Oh ja. Und was für einen.«

Julia freute sich, fürchtete sich zugleich und beneidete Lucilla zutiefst. Sie kam an die heiße Ware heran. Wie denn nur? Bisher hatte sie ihr Geheimnis nicht verraten wollen.

»Ich will ihn sehen.«

»Macht fünf Goldstücke.«

»Fünf Goldstücke? Sonst hast du für Filme drei genommen.« Zeitschriften kosteten ein Goldstück.

»Es wird immer schwerer, sie zu beschaffen. Also, willst du nun oder nicht?« Lucilla sah sie mit hochgezogenen Augenbrauen an.

Julia antwortete nicht gleich. Sie wusste auch etwas von Taktik und Verhandlungsgeschick.

»Hm ... ich gebe dir die fünf Goldstücke, wenn du mir endlich sagst, wie du an die Sachen rankommst.«

»An die verbotene Ware, meinst du? Kann ich dir nicht sagen, sonst muss ich dich töten.«

Julia wusste natürlich, dass Lucilla es nicht ernst meinte. Sie war ihre beste Kundin.

»Ach, komm schon, Lucilla. Ich verrate es auch bestimmt keinem weiter.«

Lucilla wusste, dass sie die Wahrheit sprach. Hätte sie es irgendwem verraten, wäre sie selbst aufgeflogen.

»Na gut, weil du es bist. Ich bringe die Sachen von meinen Ausflügen in die Reale Welt mit.«

»Du warst in der Realen Welt?« Julia staunte.

»Schon oft.«

»Aber ... aber wie geht denn das? Der Gang in die Reale Welt ist doch ausschließlich den guten Prinzen und Prinzessinnen vorbehalten.«

»Ich habe meine Mittel und Wege.«

»Warst du auch schon in Kalifornien?«

»Oh ja. Mehr als einmal.«

»Ehrlich? Auch in Hollywood?«

»Natürlich. Gehst du da etwa auch hin? Auf dein Magical?«

Julia nickte eifrig.

»Dann pass bloß auf dich auf. Hollywood ist ein heißes Pflaster. Verruchter als Darkville.«

»Wie meinst du das?«

»Du wirst schon sehen.«

Nun hatte Lucilla sie neugierig gemacht.

»Du wirst mir nichts Näheres sagen, oder?«

»Nein. Und nun komm, gehen wir uns den Film ansehen.«

Lucilla brachte sie in ein kleines dunkles Haus, das sie »Kino« nannte und in dem eine Leinwand war. Sie legte eine Filmrolle ein und auf der Leinwand erschien der Titel: *Wie klaut man eine Million?*

»Ooooh! Der ist ja mit Audrey Hepburn!«, rief Julia, als die Namen der Darsteller aufgelistet wurden.

»Sie ist toll, oder?«

»Ich vergöttere sie. Wenn ich in Hollywood bin, werde ich sie aufsuchen und zusammen mit ihr einen Film drehen.«

Lucilla lachte, Julia wusste nicht warum.

»Was ist so lustig?«, fragte sie gekränkt. Niemand schien an sie zu glauben.

»Ach, nichts. Das wirst du dann auch sehen.«

»Dann sag es mir halt nicht und lass mich den Film ansehen.«

Mit verschränkten Armen starrte sie die Leinwand an. Doch schon nach kurzer Zeit war alles vergessen und sie war wie im Bann.

Als der Film vorbei war, fragte Lucilla sie noch, ob sie neue Zeitschriften haben wolle.

»Ich habe leider kein Geld mehr dabei. Du hast mich bis aufs letzte Goldstück ausgenommen.«

»Ach, dann schenk ich dir halt eine.« Lucilla hielt ihr eine *Elle* hin. Julia dachte nicht, dass sie es ernst meinen würde, aber das schien sie tatsächlich zu tun.

»Ich danke dir.« Julia machte einen Knicks.

Lucilla lachte sie kurz wegen ihres Benehmens aus, dann sah sie sie beinahe wehmütig an. »Ich verliere meine beste Kundin, was soll ich nur tun?«

»Ich komme ja wieder.« Nun ja, vielleicht.

Lucilla nickte. »Dann mal viel Spaß in der Realen Welt. Und lass dich nicht unterkriegen.«

»Werde ich nicht.«

»Es gibt da noch eine Sache, die ich dir sagen sollte ...«

»Und die wäre?« Fragend sah Julia sie an.

»Ich weiß nicht genau, warum, aber es ist mir bisher nie gelungen, in die Gegenwart zu reisen. Ich lande immer in der Vergangenheit, in den Fünfziger- oder Sechzigerjahren. Irgendetwas mache ich wohl falsch.«

»Ja, und?«

»Die Zeitschriften, die Filme ... sie sind schon etwas älter. Es könnte sein, dass es dort heute nicht mehr ganz so aussieht, wie du es aus den Filmen kennst.«

»Ach, das macht nichts.«

Julia vergaß, dass es sehr wohl etwas ausmachen würde, denn im Gegensatz zur Märchenwelt existierten in der Realen Welt Raum und Zeit.

»Dann ist ja gut. Pass auf dich auf, ja?«

»Werde ich. Lucilla, wie ist es in der Realen Welt?«

»Es ist einfach wunderbar.«

Sie verabschiedeten sich voneinander und Julia machte sich auf den langen Heimweg – die Zeitschrift sicher versteckt in ihrem Korsett und nun noch mehr Vorfreude in ihrem Herzen.

Kapitel 5

Die Tage und Wochen vergingen, die Aufregung stieg. Ehe sie sichs versah, war auch schon der Tag der Abschlussfeier gekommen und die Prinzessinnen begannen, sich für diesen großen Tag zurechtzumachen.

Julia entschied sich für das apfelrote Kleid und den passenden Haarreifen, den sie sich in die Hochsteckfrisur steckte. Erwartungsvoll sah sie ins Publikum, während sie auf der Bühne stand und darauf wartete, dass ihr das Zertifikat und die Krone verliehen würden. Sie entdeckte ihre liebe Mutter, ihren Vater, zwei ihrer Schwestern und ein paar Zwerge, die alle gekommen waren, um sie zu sehen und zu beglückwünschen.

Nach der Zeremonie begab sie sich zu ihren Lieben und spürte gleich, dass etwas passiert war. Während ihr Vater sie stolz umarmte, die Zwerge fröhlich herumhüpften und ihre beiden jüngeren Schwestern sie über ihren Magical-Ort ausfragten, war ihre Mutter still und sagte kein Wort. Erst als Julia sich direkt an sie wandte, umarmte sie sie und gratulierte ihr. Dieses Gefühl allerdings konnte sie ihr nicht nehmen, auch wenn es sonst keiner wahrzunehmen schien.

Nach einer ausgelassenen Feier fuhren sie alle in zwei Kutschen zurück in ihr Königreich. Die Zwerge ließ man hinter den sieben Bergen raus und fuhr weiter zum Schloss, wo sich alle sofort ins Bett begaben. Julia konnte aber noch lange nicht schlafen, denn die schreckliche Ungewissheit quälte sie. Bis zum morgigen Tage warten zu müssen, wo sich hoffentlich alles aufklären würde, war die wahre Folter.

Am nächsten Morgen beim Frühstück verhielt Schneewittchen sich weiterhin merkwürdig, und dann bat sie Julia um einen Spaziergang zu den wilden Blumenfeldern.

Während Julia sich in Schweigen hüllte und dabei wilden Mohn und zarte kleine Vergissmeinnicht pflückte, vermied sie es, ihre Mutter anzusehen.

»Ich bin schwer enttäuscht von dir, mein Kind«, begann ihre Mutter und Julia wagte es, aufzusehen.

Sie blickte direkt ins Gesicht ihrer Mutter, die mit ihrem schwarzen Haar, der blassen Haut und den roten Lippen unglaublich zerbrechlich und stark und stolz zugleich wirkte.

»Was habe ich getan, Mutter?«

»Das fragst du noch? Denk mal gut nach, Julia. Es wird dir sicher einfallen.« Jetzt sah ihre Mutter sie richtig böse an.

»Ich ... ich ... weiß nicht ...«, stotterte Julia und sah ihre Mutter ängstlich an. Sie konnte dem Blick aber nicht standhalten, wandte sich ab und pflückte weiter Blumen.

»Du warst in Darkville.«

Julias Herz setzte für einen Moment aus. Woher wusste ihre Mutter das???

»Sieh mich an, Julia! Was hast du dort zu suchen gehabt?«

Schüchtern blickte sie auf. »Ich ... hatte mich nur ... verlaufen«, versuchte sie es.

»Halte mich nicht zum Narren, Julia. Ich sehe es genau, wenn du mich belügst. Also ... wagen wir einen zweiten Versuch. Was hat dich nach Darkville geführt?«

Ach, es hatte ja doch keinen Sinn. Ihre Mutter durchschaute sie ja eh. Sie kannte sie besser als jeder andere. »Zeitschriften«, sagte sie und hielt den Atem an.

»Zeitschriften?« Schneewittchen sah verwirrt aus. Dann verständnislos. Dann wieder böse.

»Magazine über Filmstars aus der Realen Welt. Ich verehre sie zutiefst.«

Schneewittchen stand einen Moment still, dann atmete sie erleichtert aus. »Und ich hatte sonst etwas befürchtet.«

»Was denn?«

»Dass du dich auf einen der Söhne der bösen Königin eingelassen hast, zum Beispiel.«

»Mutter! Wie kannst du so etwas von mir denken?«, fragte Julia ein wenig verletzt.

»Nun ja, als ich hörte, dass du dort gesichtet worden wärest ... Da kommen einer Mutter einhundert schreckliche Gedanken in den Kopf.«

»Woher weißt du eigentlich davon, Mutter?«

Wer hatte sie gesichtet? Wer hatte es Schneewittchen erzählt? Sie verpetzt? War es etwa Heather gewesen? Konnte sie ihr doch nicht trauen? Sie würde, sie würde ...

»Es war einer der sieben Zwerge. Er hat dich in Richtung Darkville gehen sehen und ist dir gefolgt.«

»Dann hätte er aber sehen müssen, dass ich mich lediglich mit Lucilla getroffen habe und nicht mit irgendeinem Jungen.«

»Lucilla? Sie ist ein böses Mädchen. Man hört so einiges von ihr. Versprich mir, dass du sie nie wieder aufsuchst.«

»Ich verspreche es, Mutter«, sagte Julia und senkte reumütig den Blick. Jetzt konnte sie es getrost versprechen, in zwei Tagen ging sie auf ihr Magical, sie hatte sowieso nicht die Absicht, Lucilla noch einmal zu sehen. Schon bald würde sie ganz einfach selbst an Magazine herankommen.

»Dann ist es gut.« Schneewittchen sah sie an, schien noch immer nicht ganz besänftigt zu sein. »Weißt du, Kind, eigentlich müsste ich es dem Märchenrat melden. Oder es wenigstens deinem Vater sagen.«

»Bitte tu das nicht, Mutter! Wenn der Märchenrat davon erfährt, werden sie mich nicht nach Los Angeles gehen lassen. Kann das nicht unser beider Geheimnis sein? Ich bitte dich.« Sie legte nun die Hände aneinander und flehte ihre Mutter an.

Diese konnte ihr das nicht antun und nickte. »Ich werde es für mich behalten. Julia, du warst schon immer anders als die anderen. Warum hast du mir nur immer so viel Kummer bereitet?«

Aufrichtig sagte sie: »Es tut mir leid, Mutter.«

Schneewittchen nickte, ging dann auf sie zu und umarmte sie. »Tu mir nur nicht dasselbe an wie deine Schwester Ruby. Bitte versprich mir, dass du zu uns zurückkommst.«

Das konnte sie nicht. Sie kreuzte die Finger hinterm Rücken und sagte: »Ich verspreche es.«

Schneewittchen lächelte sie traurig an und seufzte. »Du weißt doch, dass ich es immer merke, wenn du lügst. Pass wenigstens gut auf dich auf, ja?«

»Ich verspreche es«, sagte sie, und diesmal meinte sie es ganz ehrlich.

Kapitel 6

Nachdem Julia ein wunderschönes letztes Wochenende mit ihren Liebsten verbracht und ihre schönsten Kleider für Los Angeles eingepackt hatte, machte sie sich am Sonntag nach dem Frühstück auf den Weg zurück zur Crown. Dort angekommen, holte sie sofort wieder ihre Zeitschriften unterm Bett hervor und strahlte beim Anblick der großen Hollywood-Stars. Sie las deren Interviews, studierte genau deren Frisuren und deren Makeup und war fest entschlossen, all dies zu kopieren.

In ihrer letzten Nacht in Fairyland konnte Julia nicht schlafen, sie war viel zu aufgeregt, würde der folgende Tag doch der wichtigste in ihrem ganzen Leben sein.

Tief in der Nacht schlich sie sich heimlich aus ihrem Zimmer, auf der Suche nach jemandem, dem es vielleicht ebenso ging. Sie brauchte dringend irgendwen zum Reden. Allerdings traf sie lediglich auf Lilly, die Tochter von Mrs. Wonderful. Sie war natürlich ebenfalls eine Fee, hatte Flügel, konnte schweben und zaubern, und auch wenn sie keine Prinzessin war, hatte Julia sie immer gern gemocht. Schließlich hatte sie ja von den großen Stars gelernt, dass man niemanden minderwertig oder abschätzig behandeln sollte. Die großen Hollywood-Diven reisten sogar in arme Länder, nach Afrika und Asien, um den Minderbemittelten Geld oder Spielzeuge zu schenken und ihnen Schulen oder Krankenhäuser zu bauen. So würde sie es auch tun, selbst wenn sie ein großer Star wurde. Sie würde sich niemals als etwas Besseres betrachten als andere.

»Hallo Lilly, was machst du hier mitten in der Nacht?«, fragte sie die Fee, die am Burgfenster im Untergeschoss saß und zu den Sternen blickte.

»Hallo Julia. Ich kann nicht schlafen.«

»Mir geht es genauso, wegen meines Magicals. Aber was ist dein Grund, keine Nachtruhe zu finden?«

Lilly sah sie an und lächelte ein wenig. »Ich bin traurig. Weil ihr alle geht. Ich werde euch sehr vermissen.«

»Ach, gute Lilly. Es werden neue Prinzessinnen kommen.«

»Ja. Es kommen immer wieder neue.«

»Würdest du auch gerne gehen, Lilly? In die Reale Welt?«

Lilly lachte. »Oh nein. Dafür bin ich nicht gebildet oder elegant genug. Ich gehöre nach Fairyland. Ich hoffe nur, dass ihr alle wieder zurückkommt.«

»Warum sagst du das?«

»Ach, ich habe so ein Gefühl ...«

Julia setzte sich zu ihr auf den Fenstersims, doch sie sprachen kein weiteres Wort mehr, lauschten nur den Grillen, die ein nächtliches Lied in der Dunkelheit sangen.

Am nächsten Morgen war es endlich soweit. Julia zog sich ihr bestes Kleid an, ein wunderbar elegantes weinrotes Kleid mit viel Spitze und einem unglaublich großen Reifrock. Eigentlich war es ein Ballkleid, doch sie wollte unbedingt einen fabelhaften ersten Eindruck machen, wenn sie heute in Los Angeles ankam.

Sie steckte sich die Haare hoch, wie sie es bei Audrey Hepburn gesehen hatte, und schminkte sich die Lippen rot. Dann ging sie mit ihrem Gepäck – zwei riesigen Koffern – aus dem Zimmer.

Doch im Gang wartete schon Mrs. Wonderful.

»Was tust du da, Julia?«

»Ich bin bereit!«, sagte sie und strahlte.

Mrs. Wonderful schüttelte den Kopf. »Ach, Julia. Was ist denn nur mit dir los? Du hast die Versammlung verpasst, in der euch mitgeteilt wurde, dass die Prinzessinnen in diesem Jahr kein Gepäck mitnehmen dürfen.«

Julias Kinnlade fiel herunter und sie ließ die Koffer sinken.

»Kein Gepäck?«

»Nein. Ihr bekommt jedoch einen Samtbeutel mit dem Nötigsten mit und dürft euch einige kleine Gegenstände mitnehmen, die euch viel wert sind.«

Julia musste nicht lange überlegen. »Dann nehme ich meine Diamantohrringe, mein Schminktäschchen, meine goldenen Schuhe, meinen Spiegel, meine …«

»Zwei bis drei kleine Gegenstände von emotionalem Wert. Und sie müssen in den Beutel passen«, stellte Mrs. Wonderful klar.

»Das ist nicht fair!« Julia war zum Heulen. »Na gut, dann nehme ich halt nur die Ohrringe und den Lippenstift.«

Zufrieden nickte die Fee. »Du kannst sie mir gleich geben. Ich werde sicherstellen, dass sie in deinen Beutel kommen.«

Julia durchwühlte ihre Sachen und reichte Mrs. Wonderful die Dinge.

Eine Stunde später stand sie mit den anderen Prinzessinnen vor dem Portal zur Realen Welt, durch das sie alle hindurchgehen mussten.

Sie betrachtete die anderen, die alle aufgeregt und wunderschön aussahen. Lizzy in ihrem weißen Kleid zum Beispiel oder Rosaly in ihrem rosafarbenen mit den hübschen aufgenähten Blumen. Heather trug ein blaues Kleid und Rachel ein rotes. Julia war sich sicher, dass sie sich alle ganz wunderbar als Filmstars gemacht hätten, und kurz kamen ihr Zweifel. Was, wenn es auch in der Realen Welt so viel Konkurrenz gab?

Dann jedoch besann sie sich, sagte sich, dass sie doch die besten Voraussetzungen hatte, und verabschiedete sich von ihren lieben Freundinnen. Sie winkte auch Lilly noch einmal zu, die oben am Fenster saß und ihnen zusah.

Noch einmal tief Luft holen, den rosaroten Samtbeutel in Empfang nehmen, sich vor das Portal stellen und hindurchgehen – und das alles wie eine Diva. Nichts leichter als das. Julia ging erhobenen Hauptes und mit einem Hollywood-Lächeln in die neue Welt.

LOS ANGELES

Kapitel 7

Julia fand sich wieder auf einer belebten Straße. Sie staunte. Hier fuhren keine Kutschen, sondern diese Autos, die sie schon in Filmen gesehen hatte. Allerdings sahen sie ganz anders aus. Einige hatten die grellsten Farben, die lustigsten Formen, andere hinterließen eine dunkle, kleine, stinkende Wolke.

Julia sah sich um. Auf der Straße waren viele Menschen, einige trugen Taschen auf dem Rücken oder um den Bauch, einige hatten eines von diesen Dingern um den Hals hängen, mit denen man Bilder machen konnte. Sie staunten und zeigten mit dem Finger auf etwas im Boden. Als Julia näher hinsah, konnte sie Sterne erkennen. Unendlich viele Sterne, die in den Steinplatten drin waren, auf ihnen standen Namen.

Als Julia den Blick gen Himmel hob, sah sie keine einzige Wolke. Der Himmel war blau und die Sonne schien. Dann entdeckte sie etwas. Ein Straßenschild, auf dem *Hollywood Boulevard* stand.

Sie war mitten in Hollywood gelandet? Wie wundervoll! Da hatte sie es ja nicht weit zum Film.

Lächelnd schritt sie voran in ihrem pompösen Kleid. Natürlich gaben die fünf goldenen Regeln ihr vor, immer fröhlich zu lächeln, doch heute lächelte sie die Leute ganz besonders gerne an.

Irgendwann beschloss sie, einfach jemanden zu fragen. Man würde ihr sicher weiterhelfen.

»Verzeihen Sie, bitte, Ma´am«, sagte sie und machte vor einer Dame mittleren Alters in lustigen kurze Hosen Halt. »Könnten Sie mir vielleicht weiterhelfen?«

Freundlich lächelte die Dame sie an und antwortete: »Tut mir wirklich leid, ich bin auch nur Touristin. Wo wollen Sie denn hin?«

»Zum Film.«

Die Frau sah sie stirnrunzelnd an. »Zum Film? Wie meinen Sie das? Zu den Filmstudios?«

Julia nickte. Das hörte sich ziemlich richtig an.

»Zu welchen denn?«

»Am besten zu denen, wo Audrey Hepburn dreht, dann kann ich mich gleich mit ihr bekanntmachen.«

Sie erntete ein unglaublich lautes Lachen.

»James, hör dir das an!«, rief die Frau jemandem zu und drehte sich in Richtung eines Mannes, der wohl ihr Gatte war. Er trug ebenfalls kurze Hosen und ein kunterbuntes Hemd mit Palmen darauf. Er kam herbei und lächelte sie fröhlich an. »Die junge Dame möchte zu den

Filmstudios, um Audrey Hepburn kennenzulernen.«

Julia wusste beim besten Willen nicht, was daran so lustig sein sollte.

»Ach, tatsächlich? Dann grüßen Sie sie doch herzlich von mir.« Der Mann lachte ebenfalls.

»Das werde ich tun«, versprach Julia. »Wissen Sie nun, wie ich zu den Filmstudios hinkomme?«

»Nehmen Sie sich doch ein Taxi«, sagte James.

Seine Frau fragte gleichzeitig: »Sind Sie Schauspielerin? Sie sprechen bestimmt für eine Rolle vor, oder?« Sie betrachtete ihr Kleid von oben bis unten.

»Ich würde mich sehr über eine Filmrolle freuen«, sagte sie. »Was bitte ist ein Taxi?«

Der Mann und die Frau sahen einander ungläubig an, dann lachten sie wieder.

»Sie sind wirklich zu komisch.« Dann gingen sie davon.

Hm. Nun wusste Julia leider auch nicht viel mehr als vorher. Aber sie würde Audrey Hepburn auf jeden Fall von dem Ehepaar grüßen, wenn sie sie sah. Nur musste sie erst einmal herausfinden, wie sie zu den Studios kam. Und was zum Einhorn ein Taxi war.

Kapitel 8

Julia fragte eine weitere Person nach einem Taxi, doch diese Person sprach eine Sprache, die sie nicht verstand. Es schien Japanisch zu sein. Leider war Japanisch nicht unter den fünf Sprachen, die sie auf der Crown gelernt hatte.

»Ach, das macht nichts«, sagte sie zu der kleinen Frau mit den kurzen schwarzen Haaren, den Sandalen und dem Ding um den Hals, mit dem sie sogleich einen Mann mit langem Haar und einem Bart einfing. Er sah aus wie ein Pirat! Was tat denn ein Pirat mitten auf dem Hollywood Boulevard?

Weil sie sich ein wenig ängstigte, ging Julia weiter, vorbei an einem Mann in einem hautengen, rot-blauen Anzug, der aussah wie ein Spinnennetz, ein paar Mäusen und einer Fee. Oh, Feen gab es hier auch? Dann begegnete sie zwei großen gelben Figuren, die gar nichts sagten, sondern nur lustig aussahen. Und dann sah sie sie: Marilyn Monroe! Mitten unter all den Menschen!

Julia war außer sich vor Freude! Sie ging auf sie zu, knickste vor ihr und sah sie ehrfürchtig an.

»Mrs. Monroe, ich freue mich so, Sie kennenzulernen«, sagte sie.

»Ich freu mich ebenso. Wen stellst du denn dar?«, fragte Marilyn.

Julia wusste nicht, wie sie es meinte und sah sie fragend an.

»Na, wer bist du, will ich wissen.«

»Ich bin Julia, die Tochter von Schneewittchen«, sagte sie und hielt sich sofort die Hand auf den Mund, weil ihr eingefallen war, dass sie das doch auf keinen Fall preisgeben durfte. Leider war es ihr erst eingefallen, nachdem die Worte schon ausgesprochen waren.

»Ah, cool. Hübsches Kleid«, sagte Marilyn Monroe.

»Ich danke Ihnen.« Julia strahlte. Die große Marilyn Monroe hatte ihr gerade ein Kompliment gemacht! Was könnte es Schöneres geben?

Sie nahm Marilyn in Augenschein. Wenn sie so recht darüber nachdachte, sah diese Frau gar nicht wirklich wie Marilyn Monroe aus. Sie war viel zu groß und zu dünn. Marilyn hatte doch diese wunderbaren Kurven, die dieser Dame gänzlich fehlten. Außerdem sah ihr blondes Haar aus wie eine Perücke.

War sie etwa eine Betrügerin?

»Darf ich Sie etwas fragen? Sind Sie wahrhaftig Marilyn Monroe?«, traute sie sich zu fragen.

»Natürlich, Schätzchen. Wer sollte ich denn sonst sein?«

Julia glaubte ihr nicht. Sie trat einen Schritt beiseite, als ein paar Männer kamen und sich mit Marilyn fotografieren lassen wollten. Pro Foto kassierte diese einen Dollar. Warum sollte die echte Marilyn so etwas tun? Sie hatte mehr als genug Geld und hätte so etwas doch gar nicht nötig.

Julia beschloss, dass sie eine Betrügerin war und ließ sie hinter sich. Bevor sie das Ende der Straße erreicht hatte, kamen ihr noch drei weitere Marilyn Monroes entgegen.

Sie verstand die Welt nicht mehr. Waren sie alle so begeistert von der echten Marilyn, dass sie so aussehen wollten sie sie?

Inzwischen war es Mittagszeit, die Sonne stand hoch und heiß am Himmel und Julia schwitzte mehr und mehr in ihrem Kleid. Jemand fragte sie, ob er sich mit ihr fotografieren lassen dürfe. Sie nickte und lächelte in die Kamera. Plötzlich standen zwei weitere Kinder da und wollten dasselbe. Sie tat ihnen den Gefallen, fühlte sich sogar ein wenig geehrt, Geld nahm sie aber keines an.

Da waren sie wieder, die lustigen gelben Figuren. Sie hatten einen großen, runden Körper und riesige Augen. Einer hatte sogar nur ein Auge! Zu ihm ging Julia hin und erkundigte sich nach einem Taxi. Er deutete nur mit dem Arm zu einem gelben Auto hin, das die Straße entlangfuhr.

Oh. Das war also ein Taxi!

Und wie sollte sie nun an ein solches herankommen?

Eine Weile stand sie da und sah nun noch viel mehr von diesen Taxis. Die Menschen stellten sich an den Straßenrand und winkten sie heran. Julia tat es ihnen gleich, winkte, und schon hielt ein gelbes Auto vor ihr an.

»Willst du mitfahren, oder wie?«, rief ihr der Fahrer durchs offene Fenster zu.

»Ja, bitte.«

»Dann steig ein! Ich hab nicht ewig Zeit.«

Oh. Sie sollte einsteigen? Einfach so? Hatte der Fahrer denn nicht vor, ihr in das Gefährt hineinzuhelfen? Ihr wenigstens die Tür aufzuhalten?

So was! Nun gut, dann musste sie es halt selbst tun. Nachdem sie jedoch vergeblich versucht hatte, die Tür zu öffnen und der Fahrer nun doch stöhnend ausstieg, um sie ihr aufzumachen, fragte er: »Wo wollen Sie hin?«

»Zu den Filmstudios, bitte.«

»Zu welchen?«

»Welche gibt es denn?«

»Universal, Warner Brothers, Paramount ...«

»Oh, halt, Moment! Zu den Paramount Studios, bitte.« Sie erinnerte sich, etwas darüber gelesen zu haben. Ja, richtig, *Frühstück bei Tiffany* war dort gedreht worden. Sicher würde sie dort Audrey Hepburn anfinden.

Sie fuhren los und hielten kurze Zeit später vor einem hohen, hellen Bogen, auf dem *Paramount* stand.

»Macht acht siebzig.«

Oje. Mit dem Geld hatte sie sich noch gar nicht vertraut gemacht. Sie öffnete ihren samtenen Beutel und holte das Geldbündel hervor, das ihnen allen mitgegeben worden war, um die erste Zeit über die Runden zu kommen, bevor sie sich alle eine eigene Arbeit gesucht hatten.

Sie begutachtete das Papiergeld misstrauisch. Wäre es nicht viel einfacher gewesen, dem Mann ein Goldstück zu überreichen? Nur hatte sie hier keine Goldstücke, also zog sie einen Schein mit der Zahl 10 heraus und gab ihn dem Mann.

Der behielt einfach den Rest, ohne ein Wort. Ach, was soll´s, sie hatte schließlich genug davon. Das Aussteigen gelang ihr ganz allein und sie bedankte sich mit einem Lächeln bei dem unverschämten Fahrer.

Dann stand sie vor den Filmstudios. Ihr großes Idol nur einige wenige Meter entfernt. Sie atmete einmal tief durch und machte einen Schritt auf das Tor zu.

Kapitel 9

So einfach war es allerdings nicht, durch das Tor zu gehen. Es stand ein Pförtner da und fragte sie nach ihrem Namen.

»Mein Name ist Julia«, antwortete sie.

»Und weiter?«, fragte er streng.

Ja, wenn sie das wüsste. Sie durfte nicht sagen, wer sie wirklich war. Sollte sie sich einen Namen ausdenken?

Dann fiel ihr ein, dass sie ja einen Ausweis in ihrem Samtbeutel hatte. Diesen holte sie hervor und reichte ihn dem Wachmann.

Er betrachtete die kleine Plastikkarte eingehend und sagte dann: »Julia Hollister aus Oklahoma?«

Sie nickte. So war es wohl.

»Sorry, ich finde Sie nicht auf meiner Liste. Mit wem haben Sie einen Termin vereinbart?«

»Oh, ich habe keinen Termin.«

»Was zum Teufel suchen Sie dann hier?«

»Ich suche Audrey Hepburn«, sagte sie mit einem Strahlen in den Augen.

Der Mann sah sie merkwürdig an. Warum schienen alle ihr Vorhaben nur so sonderbar zu finden?

»Sind Sie auf Drogen?«

»Wie bitte?«

»Audrey Hepburn ist tot!«

»Oh nein! Was ist geschehen?«

Konnte es wirklich wahr sein? Audrey Hepburn war nicht mehr am Leben? Noch vor Kurzem hatte sie doch einen Film mit ihr gesehen!

»Das weiß ich doch nicht. Denken Sie, ich weiß von jedem Promi, auf welche Art er das Zeitliche gesegnet hat?«

»Aber ... aber ... wann ist sie denn ... gestorben?«

»Ist bestimmt zwanzig Jahre her. Meine Güte, Sie sehen ja so aus, als ob Sie´s echt nicht gewusst hätten. Fallen Sie mir bloß nicht um! Wollen Sie ein Glas Wasser?«

Julia nickte nur. Ja, sie brauchte ein Glas Wasser. Und sie musste sich setzen, ganz dringend. Die Sonne, die Hitze, der Schock ... all das bescherte ihr auf einmal ganz viel Schwindel.

»Dürfte ich mich wohl setzen, Mister?«

»Na gut, kommen Sie und ruhen sich einen Moment aus. Reinlassen kann ich Sie aber nicht ohne Termin.«

»Ich verstehe.«

Sie folgte dem Mann in sein kleines Häuschen, ließ sich auf einem Plastikstuhl nieder und nahm ein Glas Wasser entgegen. Nach einigen Minuten ging es ihr schon ein wenig besser.

»Bitte sagen Sie mir nicht, dass Judy Garland, Elizabeth Taylor und Marilyn Monroe auch alle tot sind.«

»Die sind alle im Himmel und erzählen sich schmutzige Witze mit James Dean und Cary Grant.« Der Mann lachte über seinen eigenen Witz und konnte gar nicht wieder aufhören.

»Oh nein, oh nein. Ich kann es gar nicht fassen.«

»Sie sind wohl sehr weit zurück in Oklahoma, wie? Die sind alle seit Urzeiten tot.«

»Aber die Filme ...«

»Welche Filme?«

»Na, *Frühstück bei Tiffany* und *Sabrina* ...«

»Mann, die Hitze scheint Ihnen aber sehr zugesetzt zu haben. Sie denken doch nicht wirklich, diese Filme seien erst vor Kurzem gedreht worden, oder?«

Jetzt erinnerte sich Julia an das, was Lucilla ihr gesagt hatte. Dass es ihr immer nur gelungen war, in die Vergangenheit zu reisen und sie nicht wisse, wie es heute aussah.

»Das ist alles zu viel für mich«, flüsterte sie.

Der Mann in Uniform sah sie besorgt an. »Soll ich einen Krankenwagen rufen?«

Julia schüttelte den Kopf, obwohl sie nicht genau wusste, was ein Krankenwagen war. »Nein, nein, es geht schon. Sir. Hier werden doch aber noch immer Filme gedreht, oder?«

»Ja, natürlich. Filme, Serien, Werbung ...«

Hm. Dann mussten diese mit neueren Schauspielern gedreht werden. Vielleicht war doch noch nicht alle Hoffnung verloren. Sie konnte noch immer ein Hollywood-Star werden – nur nicht an der Seite von Audrey Hepburn.

»Wie kann ich eine Filmrolle bekommen?«, fragte sie.

»Da müssen Sie sich entweder einen Agenten besorgen oder zum offenen Casting gehen.«

»Wie stelle ich das an?«

»Was von beidem?«

Das wusste sie auch nicht. Sie hatte nämlich kein Wort verstanden von dem, was er gesagt hatte. Weder das eine noch das andere.

»Beides.«

Der Mann lachte ein wenig. »Na, einen Agenten müssen Sie sich schon selbst suchen. In den Zeitungen und im Netz stehen doch genügend Anzeigen.«

Im Netz? In was für einem Netz denn nur?

»Mit Castings sieht es ähnlich aus. Suchen Sie nach aktuellen Castings im Internet, und dann erscheinen Sie da pünktlich. Bringen Sie am besten viel Wartezeit mit. Schon komisch, dass ich Ihnen all das erzählen muss. Wenn Sie wirklich Schauspielerin werden wollen, müssten Sie sich doch schon längst mal selbst informiert haben.«

»Ich hatte leider nicht die Gelegenheit. Und ich habe auch kein Internet, wo bekomme ich das her?«

»Wo sind Sie nur aufgewachsen?«

»Die letzten Jahre habe ich in einer Burg verbracht.«

»In einer Burg? Verdammt, da kann ich mir denken, dass es da kein Internet gab. Haben Sie gelebt wie im Mittelalter, oder wie?«

Sie nickte.

»Ist ja unfassbar. Wusste gar nicht, dass es Burgen gibt in Oklahoma.«

Das wusste sie auch nicht. Sie wusste nur, dass es in Fairyland welche gab.

»Was bin ich Ihnen für das Wasser schuldig, Sir?«

»Ach, gar nichts. Ich hoffe nur, Ihnen geht´s wirklich besser. Ich würde Sie ungern gehen lassen, wenn ich nicht wüsste, ob sie auch sicher nach Hause kommen. Haben Sie´s weit?«

Ach herrje. Sie hatte doch überhaupt noch kein Zuhause! Den halben Tag hatte sie damit verplempert, sich mit Marilyn Monroe zu unterhalten, von der sie nun ja ganz sicher wusste, dass sie falsch gewesen war, und zu den Filmstudios zu kommen. Wo aber sollte sie die Nacht verbringen?

»Was soll ich nur tun? Wie spät haben wir es?«

»Gleich vier.«

So viel Zeit war vergangen? Sie kam noch überhaupt nicht mit der Realen Zeit klar. In Fairyland tickten die Uhren anders.

»Wo soll ich denn jetzt hin?«

»Kommen Sie etwas gerade erst aus Oklahoma?«

»So etwas in der Art.« Sie durfte ja die Wahrheit nicht sagen. Der Märchenrat war wirklich lustig. Lügen durfte sie nicht, die Wahrheit sagen aber auch nicht.

»Haben Sie denn kein Hotel reserviert?«

Sie schüttelte den Kopf.

»Soll ich mal ein bisschen herumtelefonieren?«

»Das wäre wirklich sehr freundlich von Ihnen«, sagte sie und sah dem Mann dabei zu, wie er ein paar Tasten auf einem kleinen schwarzen Gerät drückte und dann hineinsprach.

»Im *Five Stars Inn* in ist noch was frei«, sagte er ihr. »Ein Einzelzimmer allerdings, achtzig Dollar die Nacht, ist das in Ordnung?«

Sie nickte eifrig. »Ich danke Ihnen vielmals, Sie sind meine Rettung.«

»Hab ich wirklich gern gemacht. Ich rufe Ihnen jetzt ein Taxi und Sie fahren ins Motel und legen sich erstmal ein wenig hin, ja?«

»Das werde ich tun«, versprach sie.

Fünf Minuten später saß sie wieder in einem dieser Taxis. Hatte ihre Hollywood-Karriere bereits ein Ende genommen, bevor sie begonnen hatte?

Kapitel 10

An diesem Abend, als Julia in ihrem unbequemen Motel-Bett lag und für die Nacht nichts anzuziehen hatte als ihr Kleid, grübelte sie nach. Das tat sie seit Stunden.

Sie wusste, dass sie sich, nachdem sie eingecheckt und bezahlt, sich auf ihr Zimmer begeben und ausgeruht hatte, aufmachen hätte sollen, um sich ein paar Händler zu suchen, bei denen sie sich neue Kleidung, ein Nachtgewand und etwas zu essen kaufen konnte. Doch sie war so erschöpft, verwirrt und traurig, dass sie nur auf dem Bett hatte liegen wollen. Sie mochte sich nicht rühren, nicht hinausgehen in ein Hollywood, das so ganz anders war, als sie es sich vorgestellt hatte.

Es gab keine Audrey Hepburn, keine Marilyn Monroe, keine Filmkarriere, die auf sie wartete ... Und dabei hatte sie geglaubt, dass es so leicht sein würde. Sie war schließlich eine Märchenprinzessin!

Was sollte sie denn tun, wenn sie nicht zum Film gehen konnte? Etwa in einer Bibliothek arbeiten, wie Heather es ihr vorgeschlagen hatte?

Sie hatte keine Talente, wie etwa ihre Freundin, sie konnte keine Küchlein backen, die jedermann verzauberten. Sie konnte nichts außer schön sein und Theater spielen. Das war immer ihr liebstes Fach an der Crown gewesen und sie hatte so gehofft, ihr Gelerntes auch hier in der Realen Welt einsetzen zu können. Doch ihr Traum war schon am ersten Tag zerplatzt – man hatte sie ja nicht einmal in die Studios gelassen.

Natürlich gab es mehr als ein Studio. Und vielleicht könnte sie auf den Rat des Pförtners hören und sich einen Agenten suchen. Ach, morgen würde sie weitersehen, wenn sie nicht mehr so niedergeschlagen war. Wenn sie wieder einen positiven Gedanken schöpfen konnte. Im Moment schaffte sie es nämlich nicht einmal mehr zu lächeln.

Natürlich war am nächsten Morgen alles wieder eitel Sonnenschein. Die Vögel zwitscherten – sogar hier in Hollywood –, die Sonne schien wieder ganz herrlich, ihr Lächeln war zurück und ihre Motivation auch.

Gleich heute würde sie sich einen Agenten suchen, nahm sie sich fest vor. So schnell würde sie ihren Traum auf jeden Fall nicht aufgeben.

Gleich nachdem sie sich im Bad frischgemacht hatte (soweit sie das konnte, denn sie hatte ja nicht einmal eine Bürste), ging sie hinaus.

Sie grüßte jeden, dem sie begegnete und betrat zu allererst ein großen Geschäft namens *Wallgreens*, wo sie alles kaufte, was sie benötigte. Dieser Kaufmannsladen war wirklich etwas anderes als die kleinen Läden in Fairyland, die Gänge und Regale waren so weit, wie das Auge reichte, und es gab eine große Auswahl an allem. Sogar Zahnbürsten und Zahnpasta gab es so viele verschiedene, dass sie sich kaum entscheiden konnte. Natürlich entschied sie sich für die pinkfarbene Zahnbürste und die Zahnpasta mit Glitzer, die nach Erdbeeren schmeckte.

Sie kaufte sich außerdem eine Haarbürste, eine Gesichtscreme, Haarbänder und Haarnadeln, ein Parfum und einige Süßigkeiten, und an der Kasse nahm sie noch zwei Flaschen Wasser mit. Das Ganze machte 48,73 Dollar, sie reichte der Kassiererin einen Fünfziger und freute sich, diesmal ihr Wechselgeld zu bekommen. Die Dame wünschte ihr sogar einen schönen Tag und Julia ging glücklich ihres Weges.

Sofort öffnete sie eine Packung von Schokolade umhüllter Karamellbonbons, die sich Milk Duds nannten und von denen sie hin und weg war. War sie etwa im Himmel gelandet?

In einem Laden namens Starbucks kaufte sie sich einen Tee und ein kleines Küchlein namens Muffin, das sie gleich wieder an Heather erinnerte. Was sie wohl gerade machte? Und Lizzy,

Rosaly, Tania, Wanda und die anderen? Ob sie sich bereits eingewöhnt hatten in der neuen Welt? Ob sie eine Unterkunft gefunden, nette Menschen kennengelernt, vielleicht sogar schon eine Arbeit begonnen hatten?

Nach ihrem Frühstück ging Julia noch in ein Bekleidungsgeschäft und suchte nach etwas zum Anziehen. Dort gab es aber lediglich merkwürdige *T-Shirts* mit der Aufschrift »Hollywood« oder »I love L.A.«, die sie nie und nimmer tragen würde.

Sie brachte ihre Tüten aus der Drogerie zurück ins Motel, steckte sich eine Wasserflasche in den samtenen Beutel und machte sich erneut auf. An der Rezeption fragte sie die freundliche Dame, wo denn der nächste Schneider sei oder ein sonstiger Ort, wo sie ein paar hübsche Kleider bekommen könne. Die Frau gab ihr eine dünne Karte aus Papier, die sie von einem Block mit Stadtplänen abriss, und markierte ihr den Weg zu einem Laden namens *Forever 21*. Gut, sie würde ihn aufsuchen.

Die Rezeptionistin hatte recht gehabt. Bei dem Ausstatter gab es wirklich reichlich hübsche Kleider zu finden und in den anderen Geschäften der Gegend auch. Sie kaufte ein sommerlich buntes, eins in lila und grün, eins in weinrot und pink, und ein letztes, sehr elegantes, in rosa. Vielleicht würde sich mal eine Gelegenheit ergeben, es zu tragen. Die anderen Kleider waren alle alltagstauglich. Dazu nahm sie noch zwei Kostüme – Rock-Blazer-Kombinationen –, wie sie sie Doris Day und Katherine Hepburn tragen sehen hatte.

Zufrieden beendete sie den Vormittag mit einem Mahl in einem schicken Restaurant, das ihr reichlich überteuert erschien. Demnächst würde sie wohl günstigere Möglichkeiten finden müssen, zu essen, damit sie auch mit ihrem Geld auskam. Beinahe die Hälfte war nämlich schon weg. Sie beschloss aber, sich doch erst morgen nach einem Agenten umzusehen. Heute wollte sie sich erst einmal die Sehenswürdigkeiten der Stadt ansehen.

In ihrem neuen rot-pinken Kleid, zu dem ihr Samtbeutel ganz wunderbar passte, machte sie sich am Nachmittag auf zum Walk of Fame, wo sie endlich einmal die Sterne genauer beäugte. Sie entdeckte James Stewarts Namen und die von Frank Sinatra, Doris Day und sogar Audrey Hepburn. Ehrfürchtig starrte sie darauf und freute sich, dass die Schauspielerin so angesehen gewesen war, dass sie hier für immer verewigt worden war.

Julia besuchte das Hollywood Museum, wo viele Ausstellungsstücke von Filmen und Stars zu sehen waren, die sie kannte, wie die roten Schuhe aus dem Film *Der Zauberer von Oz*, die Dorothy getragen hatte. Wieder draußen entdeckte sie etwas, geradeaus auf einem Hügel. Es waren große weiße Buchstaben: H.O.L.L.Y.W.O.O.D.

Sie lächelte verzückt. Sie hatte es geschafft. Sie war wirklich am Ort ihrer Träume. Alles Weitere würde sich fügen.

Kapitel 11

Nachdem Julia am gestrigen Tag noch den Hollywood Boulevard auf und abgegangen war und sich über das rege Treiben gefreut hatte, war sie abends noch in einen Diner gegangen, wie man anscheinend die kleinen, rustikalen Restaurants nannte, in denen man wundersame Dinge wie Hamburger, Chili Cheese Fries und Spare Ribs bestellen konnte. Sie hatte sich für einen Hamburger entschieden und diesen mit den Händen gegessen, was nicht nur ungewohnt, sondern auch spaßig war. Sie hatte es sich einfach bei den anderen Gästen abgeguckt.

Im Fenster nahm sie kurz ein Schild wahr, auf dem nach einer Bedienung gesucht wurde, dachte aber nicht weiter darüber nach und ging die von hohen Palmen gesäumten Straßen zurück zu ihrem Motel.

Inzwischen hatte sie schon richtig Muskelkater, denn sie war es nicht gewohnt, so viel zu laufen. In Fairyland war sie höchstens einmal im Burggarten oder zu Hause im Schlossgarten spazieren gegangen. Auch zu den Ausflügen nach Darkville hatte sie stets die Kutsche genommen, wobei sie sich ein Stück außerhalb von Darkville hatte absetzen lassen und dem Kutscher gesagt hatte, sie wolle ein wenig spazieren gehen. Hier nun war sie allein in den letzten beiden Tagen mehr gelaufen als zu Hause in den letzten sechs Monaten.

Todmüde fiel sie am Abend ins Bett und wachte erst am späten Vormittag wieder auf. Diese Nacht war auch weitaus komfortabler gewesen in dem Nachthemd, das sie getragen hatte. Das Prinzessinnenkleid hatte sie nebst der neuen Kleider in den klapperigen Kleiderschrank gehängt und hoffte, die dünne Stange würde das Gewicht halten und es würde nicht alles ineinander zusammenbrechen.

Julia machte sich Gedanken. Sollte sie tatsächlich die nächsten sechs Monate in diesem Zimmer wohnen? Sie war weit Besseres gewohnt. Und obwohl es ihr im Grunde egal war, wo sie schlief, Hauptsache, es war in Hollywood, wollte sie doch versuchen, etwas Besseres zu finden. Doch dazu benötigte sie Geld, und das konnte sie nur bekommen, indem sie sich eine Arbeit suchte. Also wollte sie diese Sache zuallererst in Angriff nehmen.

Sie ging hinaus und besorgte sich ein paar Zeitungen. Sie wollte sich auch ein Internet kaufen, jedoch wurde sie nur ausgelacht, wo immer sie danach fragte.

Sie durchblätterte die Zeitungen, las die Stellenanzeigen durch und markierte einige Agenten und Casting-Anzeigen. Dann fragte sie die Rezeptionistin, wie sie die besagten Agenten kontaktieren könne. Wie man hier ein Telegramm verschickte.

Die Frau, die sich ihr gestern als Penelope vorgestellt hatte, lachte.

»Ein Telegramm? In welchem Jahrhundert leben Sie denn? Lassen Sie mal sehen. Da stehen doch die Telefonnummern. Rufen Sie doch einfach an.«

»Und wie tue ich das?«

Penelope starrte sie an, stirnrunzelnd. Julia sah sehr viel Stirnrunzeln, das musste sie zugeben.

»Haben Sie denn kein Telefon?«

Sie schüttelte den Kopf. »Nein, leider nicht.«

»Die können Sie doch überall kaufen. Prepaid Handys. Vorne an der Ecke in dem Laden gibt es welche.«

Oje, hoffentlich würde das nicht so ein Reinfall werden wie die Sache mit dem Internet.

»Dann werde ich mir gleich so ein Ding besorgen. Prepaid Handy nannten Sie es?«

Penelope nickte und grinste. »Machen Sie das.«

»Darf ich Ihnen sagen, dass Sie einen bezaubernden Akzent haben? Wo kommen Sie her?«, erkundigte sich Julia.

»Aus Mexiko.«

»Ist es schön in Mexiko?«

»Ich vermisse es sehr. Aber ich fahr ein paarmal im Jahr runter, um meine Familie zu besuchen.«

Julia lächelte und musste an ihre eigene Familie denken. An ihre Mutter, der sie versprochen hatte, zurückzukehren.

»Ich wünsche Ihnen einen märchenhaften Tag!«, sagte sie.

»Märchenhaft? Ha! Mir wird wohl nicht gerade mein Märchenprinz über den Weg laufen.«

»Das weiß man nie. Wenn Sie nur daran glauben, kann alles wahr werden.«

»Miss, ich habe schon mit fünf Jahren aufgehört, an Märchen zu glauben.«

»Oh nein! Warum denn nur?« Julia machte große Augen und konnte gar nicht fassen, was diese Frau ihr sagte.

Seit sie in Los Angeles war, hatte sie sich noch überhaupt nicht ihrer Aufgabe gewidmet. Sie hatte völlig aus den Augen verloren, warum sie überhaupt hier war. Dabei sollte sie doch den Menschen die Märchen wieder näherbringen, sie verzaubern mit Magie und Romantik. Sie hatte eine Aufgabe zu erfüllen, eine Prüfung zu bestehen. Und sie hatte nur an sich selbst gedacht. Das war aber gar nicht prinzessinnenartig. Das war egoistisch und ganz, ganz falsch. Das wurde ihr in diesem Augenblick klar.

Sie sah die Frau an. Glaubte sie wirklich nicht mehr an Märchen? War es tatsächlich so, wie Mr. Everafter es ihnen gesagt hatte? Hatten die Menschen in der Realen Welt und besonders die in Amerika ihren Glauben an das vollkommene Glück, an die wahre Liebe und an ein Happy End verloren?

Sie beschloss, sich ab sofort ihrer Aufgabe zu widmen. Egal, ob sie sich am Ende dafür entschied, hier zu bleiben oder zurück nach Fairyland zu gehen, wenigstens wollte sie ihr Bestes gegeben haben. Sie wollte ihre Eltern stolz machen und zufrieden mit sich selbst sein. Zu wissen, dass sie alles gegeben hatte, was sie nur geben konnte, war etwas Existenzielles, das sie brauchte, um erhobenen Hauptes in die Zukunft gehen zu können.

»Warum ich nicht an Märchen glaube? Na, weil mir noch nicht allzu viel Märchenhaftes passiert ist in meinem Leben. Wenn ich darüber nachdenke, ist mir noch überhaupt nichts Märchenhaftes passiert. Märchen sind doch was für kleine Kinder, die noch an eine heile Welt glauben. Aber wissen Sie was? Ich finde das falsch. Ich finde, man sollte ihnen nichts vormachen. Dann ist der Schreck nicht so groß, wenn sie eines Tages aufwachen und die Wahrheit erkennen.«

»Und was ist Ihrer Meinung nach die Wahrheit?«, fragte Julia, denn es interessierte sie wirklich sehr.

»Die Wahrheit ist, dass das Leben eine Lüge ist. Besser, man schraubt gleich zu Beginn alle Erwartungen runter und macht sich keine allzu großen Hoffnungen.«

»Ist denn Ihr Leben so furchtbar?«

»Was soll ich sagen? Sehen Sie sich um! Ich sitze tagein, tagaus hinter diesem Rezeptionstresen und drehe Däumchen. Ich bin zweiunddreißig Jahre alt und habe weder einen High-School-Abschluss noch einen Mann noch Kinder. Was soll aus mir schon Großartiges werden?«

»Es ist nie zu spät für das wahre Glück.« Julia wollte der Frau so gerne begreiflich machen, dass sie die Hoffnung nicht aufgeben durfte. Was, wenn das Biest die Hoffnung aufgegeben hätte? Dann wäre es jetzt nicht mit Belle verheiratet und hätte eine wunderschöne Tochter namens Heather. Was, wenn Cinderella die Hoffnung aufgegeben hätte? Dann wäre jetzt eine ihrer bösen Stiefschwestern mit Prinz Charming verheiratet. Man durfte die Hoffnung einfach nicht aufgeben. Träume konnten wahrwerden, wenn man nur an sie glaubte.

»Na, ist ja schön, wenn Sie das so sehen. Ich habe den Glauben daran längst aufgegeben. Das hätten Sie auch, wenn Ihre mexikanische Mutter Ihnen bei jedem sonntäglichen Besuch sagen würde, dass aus Ihnen nichts mehr wird, und bedauert, dass sie nun keine Enkelkinder bekommen hat. Dass sie von meinen drei Brüdern insgesamt acht Enkel hat, schiebt sie dabei gern beiseite.«

»Sie werden auch noch Ihre wahre Liebe finden, ich glaube ganz fest daran.«

Wie sehr wünschte sie, Heather wäre jetzt hier und könnte dieser Frau ein Küchlein mit ihrer Spezialzutat verabreichen. Leider war sie aber ganz auf sich gestellt und musste es irgendwie allein hinbekommen.

»Ihr Wort in Gottes Ohr.«

»Sie glauben an den lieben Gott?«, fragte Julia.

»Aber sicher.«

»Haben Sie ihn schon einmal gesehen?«

Penelope sah sie merkwürdig an. »Nein, natürlich nicht.«

»Wenn Sie ihn noch nie gesehen haben und doch an ihn glauben, dann können Sie auch an die wahre Liebe glauben, selbst wenn sie Ihnen noch nie begegnet ist.«

Penelope überlegte, spielte mit einer dunkelbraunen Locke, und lächelte Julia dann an. »Da ist was Wahres dran, irgendwie.«

»Sag ich doch. Ich wünsche Ihnen von Herzen, dass Ihr Märchenprinz Ihnen bald begegnet. Ich gehe jetzt und hole mir so ein Prepaid Handy.«

Sie ging davon, und als sie sich noch einmal umdrehte, sah sie Penelope verträumt in die Luft gucken und lächeln.

Kapitel 12

Julia kaufte sich ein Handy und ließ sich von Penelope zeigen, wie man es bediente. Diese schüttelte dabei ständig den Kopf über ihre Unwissenheit. Es machte Julia aber nichts aus, denn sie wusste, wäre Penelope plötzlich in Fairyland gelandet, würde sie auch so einige Orientierungsschwierigkeiten haben.

»Und jetzt muss ich diesen Knopf drücken?«, fragte Julia.

»Ganz genau, Sie Genie.«

Sie tat es und hörte auf einmal eine Stimme am anderen Ende. »Jemand spricht mit mir«, sagte sie erschrocken.

Penelope lachte. »Dann sprechen Sie zurück.«

»Guten Tag, hier spricht Julia ...« Wie hieß sie doch gleich? Ah ja, Hollister. »Hollister. Mein Name ist Julia Hollister. Ich würde gerne mit Mr. Madison sprechen, bitte«, sagte sie zu der Frau, die seine Dienstmagd oder Ähnliches sein musste.

»Einen Moment, ich verbinde Sie.«

Das war ja wirklich ein Zauberteil. Im nächsten Augenblick hatte sie besagten Mr. Madison am anderen Ende der Leitung. Sie berichtete ihm von ihrem Anliegen und bekam einen Termin für morgen um 11:00 Uhr.

»Na, das hat ja gut geklappt«, sagte Penelope, nachdem Julia aufgelegt hatte. »Ich wünsche Ihnen viel Glück.«

Julia knickste. »Ich danke Ihnen.«

»Sagen Sie mal, kommen Sie wirklich aus Oklahoma?«

Sie wollte nicht lügen, doch sie durfte auch nicht die Wahrheit sagen. Sie saß in der Zwickmühle. Bevor sie jedoch irgendetwas antworten konnte, sprach Penelope schon weiter: »Sie kommen mir nämlich irgendwie sonderbar vor. Sie kennen ja nicht mal Handys. Sind Sie Amish, oder so?«

Julia wusste nicht, was Amish war. Aber sie nahm an, dass sie es nicht war. »Nein. Ich bin nur an einem Ort ohne Handys aufgewachsen.«

»Wohlbehütet also, ja? Ganz ohne Technik?«

Sie nickte.

»Irgendwie auch gut. Gäbe es keine Handys, würden noch viel mehr Briefe geschrieben werden. Liebesbriefe. Oh, ich würde alles dafür tun, von jemandem romantische Briefe zu bekommen.«

Julia lächelte. »Dann haben Sie ja doch eine romantische Ader.«

»Kann schon sein. Ja, ich geb´s zu. Ich liebe Liebesromane. Und Liebesfilme erst.«

»Kennen Sie *Frühstück bei Tiffany*?«, fragte Julia.

»Na klar. Oh mein Gott, das ist der romantischste Film aller Zeiten! Ich heule jedes Mal wie ein Schlosshund, wenn sich die beiden am Ende doch noch in die Arme fallen.«

Julia wusste genau, was Penelope meinte. »Ja, ich musste auch ein paar Tränen vergießen, als ich ihn gesehen habe.«

»Haben Sie ihn etwa nur einmal gesehen?«

»Haben Sie ihn etwa mehr als einmal gesehen?«, stellte sie die Gegenfrage.

»Ja, selbstverständlich. Ich habe ihn bestimmt schon fünfzig Mal gesehen. Ich habe ihn zu Hause.«

Jetzt staunte Julia. »Sie haben den Film bei sich zu Hause?«

Penelope nickte. »Ich hab so ziemlich jeden Klassiker zu Hause, den Sie sich nur vorstellen können. Ich hab eine große DVD-Sammlung. Hab ich nicht erwähnt, dass ich Single bin und Liebesschnulzen liebe?«

Julia konnte es gar nicht glauben. Wollte diese Frau ihr tatsächlich weismachen, dass sie all ihre Lieblingsfilme besaß? War das in dieser Welt etwas Normales, wo es doch in Fairyland streng verboten war, sie überhaupt anzusehen?

»Ich beneide Sie zutiefst«, sagte sie, obwohl sie wusste, dass Neid etwas war, das sie nicht empfinden sollte.

»Ha! Sie sind lustig! Sie sind wunderschön, groß und schlank, und werden wahrscheinlich die nächste Filmberühmtheit sein, und Sie beneiden mich?«

»Es ist wirklich so. Auch wenn mir wohl bewusst ist, dass Neid ein schlimmes Laster ist.«

»Sie nehmen´s wohl sehr ernst mit den sieben Todsünden.«

»Wie bitte?«

»Na, die sieben Todsünden. Neid, Gier, Zorn, Wollust ... was war da noch? Meine Mutter würde jetzt wieder schimpfen, warum ich so was nicht weiß und dass ich öfter zur Sonntagsmesse gehen soll.«

»Es tut mir leid, aber da kann ich Ihnen auch nicht weiterhelfen. Ich kenne nur die fünf goldenen Regeln.«

»Und die wären?«

»*Kleide dich stets in fröhlichen Farben. Singe stets ein heiteres Lied. Spreche stets ein freundliches Wort. Lächle stets ein gütiges Lächeln. Erzähle stets ein romantisches Märchen.*«

»Ah ja. Wo hat man Ihnen die denn beigebracht?«

»Auf der Crown, das ist das Internat, auf dem ich war.«

»Und Sie halten sich immer daran?«

»Ich versuche es.«

»Na, wenn Sie mal nichts vorhaben, können Sie mir gerne Gesellschaft leisten und mir ein Märchen erzählen. Hier ist es manchmal ganz schön langweilig.«

»Wie wäre es mit sofort?«

»Okay, von mir aus gern.«

»Kennen Sie das Märchen von Schneewittchen?«

»Und den sieben Zwergen? Klar. Wurde ja auch verfilmt.«

»Tatsächlich?« Die Geschichte ihrer Mutter war verfilmt worden? Wie aufregend! Wenn sie ihr das erst erzählte.

»Sie sind echt vom Mond, oder?«

Wie gern hätte sie ihrer neuen Freundin gesagt, woher sie wirklich kam. Stattdessen konnte sie nur mit ihr teilen, was sie auch wirklich preisgeben durfte. Sogar sollte. Sie konnte ihr ein Märchen erzählen. Und das tat sie.

»Möchten Sie einen Milk Dud?«, fragte sie sie zuvor noch und holte eine Packung aus ihrem Samtbeutel. Mit Süßigkeiten war jedes Märchen doch gleich doppelt so schön.

»Gerne.« Penelope hielt ihre Hand auf und Julia schüttete ihr ein paar der Bonbons hinein.

Dann begann sie zu erzählen: »Es war einmal vor langer Zeit, da lebte eine Frau, die ein Kind in sich trug. Sie wünschte sich ein kleines Mädchen mit Haut, so weiß wie Schnee, mit Lippen, so rot wie Blut, und Haaren, so schwarz wie Ebenholz ...«

Kapitel 13

»Sagen Sie mir, was Sie sich von Hollywood erhoffen«, sagte Mr. Madison und sah auf sie herab.

Julia saß auf einem Stuhl im Zimmer des Agenten und lächelte. »Ich möchte ein großer Filmstar werden.«

Der Mann um die sechzig mit dem weißen Haar und dem blauen Anzug begann, laut loszulachen. »Na, da haben Sie ja ganz genaue Vorstellungen.«

»Und ob, Mister. Ich bin hergekommen, um ganz groß rauszukommen. Ich möchte in den fantastischsten Filmen mitspielen an der Seite der großen Hollywood-Diven.« Auch wenn sie von den heutigen keine kannte. Noch nicht.

»Denken Sie wirklich, es ist so einfach?«

»Nun, ich hoffe es.«

»Ich möchte Ihre Träume ja nicht zerstören, aber das ist nun doch etwas naiv von Ihnen, Kindchen. Da könnte ja jeder ein Star werden.«

»Dass es nicht einfach ist, ist mir wohl bewusst, Sir. Ich musste bereits die Erfahrung machen, nicht in die Filmstudios hineingelassen zu werden. Aber deshalb bin ich ja hier. Bei Ihnen. Sie werden mir doch helfen?«

»Nun, ich werde es versuchen. Julia, Sie gefallen mir. So jemand Optimistisches ist mir seit Langem nicht unter die Augen gekommen. Ich muss Ihnen aber gleich sagen, dass wir erst einmal klein anfangen müssen. Niemand wird über Nacht zum Star. Ich kann Ihnen bestimmt die eine oder andere Statistenrolle beschaffen. Einen Werbespot vielleicht. Warten Sie mal.« Er ging zu seinem Schreibtisch hinüber und durchsuchte einige Unterlagen. »Hier haben wir es ja. Gerade erst kam dieses Gesuch rein. Es wird nach Frauen mit Modelmaßen und schönem Haar für eine Haarkur gesucht. Das wäre doch vielleicht was für Sie. Soweit ich das beurteilen kann, haben Sie schönes Haar.«

»Ich danke Ihnen. Aber an so etwas hatte ich nicht gedacht. Ich möchte in Filmen mitspielen.«

»Das möchte jeder. Sie dürfen aber nicht wählerisch sein, gerade am Anfang.«

»Dann werde ich mir einen anderen Agenten suchen müssen, Sir. Oder ich werde mir ein Internet kaufen und dort suchen, wenn ich denn endlich herausfinde, wo ich eines erwerben kann.«

»Okay, okay. Moment mal. Da war auch noch was ... ja, hier ist es.« Er hob einen Zettel in die Luft. »Sie suchen Nebendarsteller für diese neue CBS-Serie.«

»Eine Serie? Was ist das?«

»Sie nehmen mich auf den Arm, oder?«

»Ganz und gar nicht.«

»Wo kommen Sie nur her?«

»Aus Oklahoma. Und verzeihen Sie mir bitte, aber ich weiß wirklich nicht, was eine Serie ist. Wären Sie so gütig und würden es mir erklären?«

»Na, eine Serie ist dasselbe wie ein Film, nur dass es fortsetzende Folgen gibt, und meistens mehrere Staffeln, zumindest wenn sie gut läuft. Jetzt muss ich Sie aber doch etwas fragen: Hatten Sie keinen Fernseher, dort, wo Sie herkommen?«

»Nein. Was ist ein Fernseher?«

»Jetzt nehmen Sie mich aber doch auf den Arm!« Mr. Madison zeigte grinsend mit dem Finger auf sie und lachte dann laut. »Beinahe hätte ich es Ihnen abgenommen. Also, wollen Sie für die Rolle vorsprechen oder nicht?«

Sie wusste nun zwar noch immer nicht, was ein Fernseher war, aber sie würde besser nicht noch einmal danach fragen, das erschien ihr weiser. Vielleicht würde Penelope ihr später weiterhelfen können. Jetzt wollte sie erst einmal die Gelegenheit bekommen, in dieser Serie mitzuwirken, die ja laut Mr. Madison so etwas wie ein Film war.

»Ich bin gerne dabei. Wann soll ich anfangen?«

»Sie müssen zuerst einmal zum Casting erscheinen. Wenn Sie das meistern, wird man Ihnen sagen, wann und wo es losgeht.«

»Das hört sich gut an für mich«, sagte sie und ließ sich die Adresse geben. Außerdem setzte sie ihre Unterschrift unter einen Vertrag mit Mr. Madison, der nun ihr offizieller Filmagent war.

Sie fuhr mit dem Taxi zurück zum Hotel und begrüßte Penelope, die am Morgen noch nicht an der Rezeption gewesen war.

»Einen wunderschönen Tag wünsche ich Ihnen. Ich hoffe, Sie sind wohlauf?«

Penelope machte ein zerknittertes Gesicht. »Kann man eigentlich nicht sagen.«

»Was ist denn passiert?«, erkundigte sich Julia.

»Ach, meine Mitbewohnerin hat mir heute mitgeteilt, dass sie auszieht. Sie geht zurück nach Tampa. Sie ist übrigens auch Schauspielerin, und hat es nicht geschafft in Hollywood. Hey, wie ist eigentlich Ihr Termin bei dem Agenten gelaufen?«

»Sehr gut, danke. Ich habe meine erste Rolle so gut wie sicher. Ach, Penelope, könnten Sie mich eventuell über eine Sache aufklären?«

»Ich kann´s versuchen.«

»Was ist ein Fernseher?«

»Ist nicht Ihr Ernst.«

»Ich weiß es wirklich nicht.«

»Stimmt ja, Sie hattet keine Technik da auf Ihrem Internat. Aber dass Sie nicht mal wissen, was ein Fernseher ist ... einfach unfassbar. Also gut, ein Fernseher ist das Gerät, auf dem man sich die

Filme ansieht, über die wir gesprochen haben. Es steht auch einer in Ihrem Zimmer.«

Julia überlegte kurz. Ach, dieser Kasten etwa mit dem schwarzen Spiegel, der zu nichts zu gebrauchen war?

»Wirklich?«

»Ja, wirklich. Drücken Sie mal auf die Knöpfe auf der kleinen Fernbedienung, die davor liegt.«

Die hatte sie auch schon entdeckt, nur nicht gewusst, was sie damit anfangen sollte.

»Das werde ich machen.«

»Hey, wie haben Sie eigentlich die Filme gesehen, wenn Sie nicht mal einen Fernseher hatten?«

»Ich habe mich heimlich ins Kino geschlichen.«

»Oh. War das verboten?«

Julia nickte. »Ich hätte verbannt werden können.«

»Meine Güte. Oklahoma wird mir immer unheimlicher. Ich glaube, ich streiche den Ort von meiner Urlaubszielliste.«

»Was werden Sie nun tun?«

»Was meinen Sie?«

»Wegen Ihrer Mitbewohnerin. Sie sehen sehr bedrückt deswegen aus.«

»Das bin ich auch. Ich werde die Miete kaum allein bezahlen können. Also kommt zu den Dingen, die in meinem Leben schiefgelaufen sind, auch noch dazu, dass ich aus meinem Zuhause aus- und in ein kleines Ein-Zimmer-Rattenloch einziehen muss.«

»Das tut mir wirklich sehr leid.«

»Da fällt mir doch glatt etwas ein. Wie lange haben Sie vor, in L.A. zu bleiben?«

»Mindestens sechs Monate.«

»Und Sie wollen die ganze Zeit hier im Motel wohnen bleiben?«

»Ich weiß es noch nicht.«

»Wie fänden Sie es, wenn ... ich weiß, wir kennen uns praktisch überhaupt nicht, aber ... was würden Sie davon halten, bei mir einzuziehen? Die Miete würde Sie siebenhundertfünfzig alles inklusive kosten. Die Wohnung ist nicht weit von hier in Little Armenia.«

Was sie davon halten würde, bei Penelope einzuziehen, die eine ganze Sammlung von wunderbaren Hollywood-Filmen besaß, die sie sich jederzeit ansehen könnte?

Sie strahlte Penelope an. »Davon würde ich sogar sehr viel halten.«

Kapitel 14

Eine Woche später zog Julia bei Penelope ein. Sie staunte über deren hübsche Wohnung und das Wohnzimmerregal voller Filme. Inzwischen hatte sie herausgefunden, wie das mit dem Fernseher funktionierte und hatte die ganze letzte Woche fast ununterbrochen in ihrem Hotelzimmer gesessen und fasziniert auf das Gerät gestarrt. Dabei hatte sie tonnenweise Milk Duds gegessen.

Ein paarmal hatte sie das Zimmer aber doch verlassen, nämlich um sich etwas zu essen zu holen und um zu dem Casting zu gehen. Dort waren aber beinahe fünfzig andere Mädchen erschienen und sie hatte die Rolle nicht bekommen. So langsam begriff sie, dass es wohl doch nicht so einfach werden würde, ein Hollywood-Star zu werden. Am folgenden Tag hatte sie aber ein weiteres Casting, diesmal für eine kleine Statistenrolle in einem Musikvideo, von dem Penelope ihr erklärt hatte, was es war. Vielleicht würde es ja da klappen.

Zur Feier ihres Einzugs kochte Penelope ihnen Enchiladas, die Julia unglaublich gut mundeten.

Sie freute sich bereits jetzt auf weitere mexikanische Gerichte aus Penelopes Küche.

Am Abend sahen sie sich *Frühstück bei Tiffany* an und Julia schlief zum ersten Mal in ihrem neuen Bett, das sie für die nächsten sechs Monate ihr eigen nennen durfte. Was danach sein würde, dass wusste nur der Himmel. Julia war sich nämlich überhaupt nicht mehr so sicher.

Als sie nach Los Angeles gekommen war, hatte sie sich vorgestellt, dass sie zum jetzigen Zeitpunkt bereits in großen Hollywood-Filmen an der Seite von Audrey Hepburn spielen würde. Die Realität sah aber leider so aus, dass Audrey Hepburn nicht mehr unter ihnen weilte und dass sie um eine winzige Rolle mit vier Dutzend anderen Mädchen kämpfen musste. Ihr Geld wurde auch immer weniger. Die Kleider, das Motel, die vielen Taxifahrten, die Miete, die sie Penelope im Voraus gezahlt hatte ... wenn sie die Rolle morgen wieder nicht bekommen würde, musste sie sich etwas anderes überlegen.

Sie bekam die Rolle nicht. Frustriert spazierte sie den Hollywood Boulevard entlang und betrachtete die Sterne im Gehweg. So einen Stern würde sie niemals bekommen. Sie würde überhaupt nichts bekommen, obwohl sie doch eine Märchenprinzessin war. Nur nützte ihr diese Tatsache leider gar nichts in der Realen Welt.

Sie ging in den Diner, in dem sie schon neulich gewesen war und bestellte sich Fritten. Es bereitete ihr große Freude, sie in die Hand zu nehmen und in Ketchup einzutauchen. Während sie darauf herumkaute, nahm sie aus ihrem Augenwinkel das Schild im Schaufenster wahr, das noch immer dort hing.

Als sie bei der freundlichen Kellnerin bezahlte, fragte sie sie aus einer inneren Eingebung heraus: »Entschuldigen Sie, Miss, ist die Stelle als Bedienung noch zu haben?«

»Haben Sie denn schon mal gekellnert?«, wollte diese wissen.

»Nein. Aber ich kann es lernen.«

»Warten Sie, ich hole mal eben den Geschäftsführer.«

Sie wartete und der Geschäftsführer kam. Er hieß Tim Hopper. »Hallo, Miss, was kann ich für Sie tun?«

»Ich würde gerne als Bedienung bei Ihnen anfangen.«

»Haben Sie schon mal gekellnert?«

Sie verneinte dies wieder.

»Was haben Sie denn bisher gemacht?«

»Ich bin gerade erst mit der Schule fertig geworden und erst seit einer Woche hier in Los Angeles.«

»Auf der Suche nach dem großen Glück, was? Wissen Sie was? Das waren wir alle mal. Auch ich bin aus diesem Grund nach Hollywood gekommen vor zwölf Jahren. Leider hat sich mein Traum nicht erfüllt und statt in Crime Serien mitzuspielen, serviere ich jetzt Burger.«

Sie wusste nicht, was sie darauf antworten sollte.

»Sie dürfen die Hoffnung nicht aufgeben«, sagte sie dann aber. »Vielleicht wird ihr Traum eines Tages doch noch wahr.«

Der Mann sah sie lange an und sagte dann: »Wenn Sie wollen, könne Sie morgen einen Probetag machen.«

Julia lächelte. »Um wieviel Uhr soll ich erscheinen?«

4 MONATE SPÄTER

Kapitel 15

»Darf es noch etwas sein? Ein Dessert vielleicht?«, fragte Julia die beiden jungen Frauen, die an Tisch Nummer 8 saßen. Sie trug ihre rosa Uniform und hatte sich das rote Haar zu einem Pferdeschwanz gebunden, der beim Gehen hin und her wippte.

»Warum eigentlich nicht. Ich nehme einen Schokoladeneisbecher. Und du, Susan?«

»Eigentlich sollte ich nicht. Ich muss doch auf meine Linie achten.«

»Sie sehen fabelhaft aus«, sagte Julia ihr und lächelte.

»Mein Freund ist da anderer Meinung. Er sagt, ich werde fett.«

»Das hat er echt gesagt?«, fragte die andere. Sie hatte einen frechen, blonden Kurzhaarschnitt.

Ihre brünette Freundin nickte. »Ja, hat er.«

»Sie sollten ihm zu verstehen geben, dass er Sie so zu akzeptieren hat, wie Sie sind«, sagte Julia weise.

»Und wie mache ich das?«

»Zuerst einmal dürfen Sie nicht auf ihn hören, wenn er Ihnen sagt, Sie sollen weniger essen. So ein Unsinn. Zweitens könnten Sie ihm ja auch mal ein paar seiner Makel aufzählen. Machen Sie ihm klar, dass niemand perfekt ist, und dass es allein auf die inneren Werte ankommt. Und wenn er das anders sieht, kann er gehen. Es gibt garantiert eine ganze Schar von jungen Männern, die Sie genau so nehmen würde, wie Sie sind.«

»Das soll ich ihm sagen?«

»Allerdings, das sollten Sie. Lassen Sie sich nur nicht den Spaß von ihm verderben.«

Die junge Frau nickte. »Danke für den Rat.«

»Immer wieder gerne. Darf es nun ein Dessert sein?«

»Ja. Ich nehme ein Stück Käsekuchen mit Erdbeersoße, bitte.«

»Gerne. Kommt sofort.«

Julia schaffte es nicht einmal bis zur Küche. Auf dem Weg winkte sie ein weiterer Gast heran. Eine ältere Dame, die im Diner Stammkundin war.

»Julia, hättest du einen Moment für mich?«

»Ich bin gleich bei Ihnen, Mrs. Fonda.«

Sie gab die Bestellung auf, nahm ein Tablett mit Burgern mit und brachte diese an Tisch 11.

»Danke, Julia«, sagte einer der vier Männer, die sie in Empfang nahmen. Er hieß Jones und sie hatte ihm vor einigen Wochen in Sachen Liebe weitergeholfen. Er war verzweifelt gewesen, weil seine Freundin ihn verlassen wollte. Julia hatte ihn ein wenig ausgefragt und den Grund dafür herausgefunden. Dann hatte sie dem Mann gesagt, er solle seiner Liebsten doch endlich den Antrag machen, auf den sie seit Jahren wartete, und das hatte er getan. Seitdem waren die beiden glücklicher als je zuvor.

»Lasst es euch schmecken. Wie läuft es denn mit Kelly?«

»Bestens. Morgen gehen wir das Hochzeitsporzellan aussuchen.«

»Das freut mich sehr.«

Zufrieden machte Julia sich wieder auf zur Durchreiche, um die bestellten Desserts für Tisch 8 abzuholen. Dann hatte sie endlich eine Minute Zeit, um sich Mrs. Fonda zu widmen.

»Wie geht es Ihnen, meine Gute?«, fragte sie.

»Wunderbar, Schätzchen. Ich habe mir deinen Rat zu Herzen genommen und eine Kontaktanzeige geschaltet.«

»Und? Hat es etwas gebracht?«

»Es haben sich schon zwei Dutzend Herren gemeldet. Ich habe die Qual der Wahl.« Sie lachte.

»Oh, wie schön. Das freut mich für Sie.«

»Morgen habe ich mein erstes Date seit achtundvierzig Jahren.«

Die Dame war vierzig Jahre verheiratet gewesen und seit einigen verwitwet. Sie hatte sich sehr einsam gefühlt und sich nach Zweisamkeit gesehnt.

Dank Julia hatte sie sich endlich überwunden und sich auf die Suche nach einem neuen Partner gemacht.

Mrs. Fonda war mit ihren knapp siebzig Jahren noch immer sehr elegant, schlank und fast faltenfrei. Einzig ihr graues Haar verriet ihr Alter. Sie war früher einmal Maskenbildnerin gewesen und hatte Julia erzählt, dass sie beinahe alle großen Stars geschminkt hatte. Julia beneidete sie sehr, weil sie sogar einige ihrer großen Idole persönlich gekannt hatte.

Ihre eigene Hollywood-Karriere lief leider nicht ganz so, wie sie es im Sinn gehabt hatte. Eigentlich war sie weit davon entfernt, ein großer Filmstar zu sein. Sie hatte in den vier Monaten, die sie nun in Hollywood war, lediglich einige winzige Komparsenrollen gehabt, einen Joghurt-Werbespot ergattert, und ein paar kleinere Auftritte in TV-Serien, die aber nicht von Bedeutung waren. Zum Beispiel hatte sie einmal eine Supermarktkassiererin gespielt, und einmal eine Mutter, die ihren Sohn von der Schule abholte. Sie hatte dabei aber nie mehr als zwei Sätze gesprochen und so wenig verdient, dass sie davon unmöglich die Miete zahlen konnte, weshalb sie weiterhin im Diner arbeitete. Tagtäglich.

Wenn sie ehrlich war, machte ihr dieser Umstand aber überhaupt nichts aus. Sie liebte ihre Arbeit als Kellnerin, vor allem weil sie so oft ein

Lächeln erntete. Und weil sie ihr Wissen, was Romantik anging, weitergeben konnte.

Seit sie einmal einer traurigen Seele einen guten Ratschlag gegeben hatte, waren immer mehr Leute zu ihr gekommen. Es musste sich herumgesprochen haben, dass sie sich auskannte in Sachen Liebe – natürlich tat sie das, sie kannte alle Märchen auswendig, die jemals geschrieben worden waren, dazu hatte sie inzwischen jeden nur erdenklichen Liebesfilm gesehen. Man vertraute sich ihr an, weinte sich bei ihr aus, fragte sie um Rat, bat sie um ihre Hilfe, um gute Tipps, um Vorschläge, wie man sich aus einer kniffligen Lage befreien, den Partner zurückgewinnen, einen Verdacht bestätigen, einen Schwarm für sich gewinnen oder eine Ehe retten konnte. Und immer, wirklich immer, wusste Julia, was zu tun war.

»Ich wünsche Ihnen wirklich, dass Sie den Richtigen finden«, wünschte sie Mrs. Fonda nun.

»Den Richtigen habe ich schon vor langer Zeit gefunden, Julia. Mein Harvey war der einzig Richtige für mich. Aber vielleicht lebe ich noch dreißig Jahre. Eine Frau will ihren Spaß haben.« Sie kniff ein Auge zu.

Julia musste lachen. »Dann wünsche ich Ihnen viel Spaß.«

»Ich danke dir. Den werde ich sicher haben.«

Julia schenkte ihr Kaffee nach, bediente noch ein paar Tische, und machte dann Feierabend. Mit vierundsiebzig Dollar Trinkgeld und zwei Blaubeermuffins im Gepäck, machte sie sich auf nach Hause. Das Trinkgeld verteilte sie gleich an Obdachlose und fühlte sich richtig gut dabei.

Kapitel 16

»Ich bin zu Hause!«, rief sie, als sie in die Wohnung kam.

Penelope kam in ihrer Schürze angelaufen und begrüßte sie. Sie hatte heute ihren freien Tag und wartete schon mit dem Essen auf Julia. Es duftete köstlich.

»Was gibt es denn heute?«

»Tacos mit Huhn und frittierte Jalapeños, dazu Reis und schwarze Bohnen.«

»Du willst wohl, dass ich aus allen Nähten platze, oder?«

Sie hatte in den letzten Monaten richtige weibliche Rundungen bekommen. So gut schmeckte ihr die kalifornische bzw. die mexikanische Küche.

»Ich bekoche dich so gerne, Julia. Niemand isst mein Essen mit so viel Begeisterung wie du.«

»Und ich liebe dein Essen ja auch. Es riecht wieder einmal köstlich, meine Gute.« Sie setzte sich an den Tisch und nahm einen Taco in die Hände.

»Vielen, lieben Dank.«

»Wenn schon mit nichts anderem, dann wirst du dir bestimmt aufgrund deiner Kochkünste einen Mann angeln«, sagte Julia und erkannte, dass ihre Worte nicht gerade freundlich gewesen waren. »Bitte verzeih, Penelope, das sollte eigentlich ein Kompliment sein, ich habe aber selbst gemerkt, wie falsch die Worte klangen.«

»Ich habe sie schon richtig gedeutet, keine Sorge.«

»Dann ist ja gut. Wie war dein Tag?«, erkundigte sie sich, während sie darauf bedacht war, den Taco zwar so fest zusammenzudrücken, dass nichts von der Huhn-Eisbergsalat-Tomaten-Avocado-Mischung herausfiel, aber nicht so fest, dass die knackige Tasche zerbrach. Das war ihr schon sehr häufig passiert und es hatte immer eine Sauerei auf ihrem Teller – und manchmal auch auf ihrem Schoß – angerichtet. Es gab auch Tacos mit einer weichen Schale, die weit einfacher zu essen waren, doch heute hatte Penelope die knackigen aufgetischt, und wenn Julia ehrlich war, bereiteten diese ihr weit mehr Freude.

»Ich habe viel gelernt«, berichtete Penelope.

Sie hatten zu Beginn ihrer Freundschaft sehr oft über ihre Zukunftsziele geredet. Wobei Julia natürlich nicht sagte, dass sie eines Tages einen echten Märchenprinzen heiraten und ein ganzes Königreich regieren würde. Sollte. Nun, dass es von ihr erwartet wurde. Sie hatte lediglich gesagt, dass sie noch immer davon träumte, ein großer Hollywood-Star zu werden.

Penelope dagegen hatte bescheidenere Träume. Sie wollte ihren High-School-Abschluss nachholen, vielleicht sogar ein paar Kurse am Community College belegen, um eines Tages einen besseren Job ausüben zu können als den derzeitigen. Außerdem wünschte sie sich tatsächlich einen Ehemann und Kinder, auch wenn ihre Mutter sie deswegen verrückt machte und die Hoffnung darauf ja schon aufgegeben hatte. Penelope träumte von einem Mann, der sie verehrte, ihr Blumen schenkte, Gedichte für sie schrieb, sie in schicke Restaurants ausführte, auf Knien um ihre Hand anhielt. So, wie sie es in so vielen Filmen gesehen hatte. *Sie* gab die Hoffnung nicht auf, eines Tages doch noch ihren Märchenprinzen zu treffen.

»Du wirst ihn finden«, hatte Julia ihr voller Zuversicht gesagt. Wieder und wieder, und da war sie sich ganz sicher. In letzter Zeit war ihr sogar immer öfter ein gewisser Gedanke gekommen, der ihr mehr und mehr gefiel.

Julia sah Penelope nun an und war sehr stolz auf sie, weil sie den ersten Schritt getan und sich für ein Fernstudium angemeldet hatte. Sie hatte die High School damals im letzten Jahr abgebrochen, weil sie sich verliebt hatte. Ihr damaliger Freund hatte studiert und sie war arbeiten gegangen, um ihnen den gemeinsamen Lebensunterhalt zu verdienen. Sie hatte es seitdem bereut, keinen Abschluss gemacht und vor allem keinen Abschlussball erlebt zu haben.

Julia wünschte so sehr, sie könnte sie mit auf einen der vielen Bälle in Fairyland nehmen. Wo sie hier einen Ball auftreiben sollte, wusste sie beim besten Willen nicht. Aber sehr wohl, wo sie den ersehnten Märchenprinzen finden konnte – zumindest hatte sie einen Plan.

Kapitel 17

Am nächsten Tag ging Julia lächelnd auf ihren Boss Mr. Hopper zu. Daniel Hopper war Mitte dreißig, geschieden und mit seinem braunen Haar und den blauen Augen ganz ansehnlich, jedoch war er ein genauso hoffnungsloser Fall wie Penelope. Schüchtern ohne Ende, zumindest was das andere Geschlecht anbelangte.

Seit Julia im Diner arbeitete, überlegte sie schon, wie sie ihm zu seinem Glück verhelfen könnte. Vor einiger Zeit hatte sie sich dazu entschlossen, ihn zu verkuppeln. Nur wo sollte sie eine passende Frau hernehmen? Nun hatte sie aber die perfekte Lösung gefunden.

»Mr. Hopper, wie geht es Ihnen heute?«, fragte sie mit einem großen Lächeln.

»Kann mich eigentlich nicht beklagen. Das Geschäft läuft gut, ich bin gesund ...« Es klang nicht sehr euphorisch. »Na ja, danke der Nachfrage. Und wie geht es Ihnen?«

»Wunderbar, ich danke Ihnen. Nur habe ich da ein klitzekleines Problemchen.«

»Ah ja?«

»Und ob. Mein Müllschlucker ist kaputt. Sie kennen sich doch aus mit Müllschluckern, oder?« Julia war noch immer ganz fasziniert von diesen Küchenabfallzerkleinerern, die in beinahe jeder amerikanischen Küche eingebaut waren. Man warf seinen Abfall – Essensreste, Kartoffelschale oder Ähnliches – einfach in diese Öffnung im Spülbecken, und er zerschredderte und verschwand auf wundersame Weise.

»Natürlich. Aber ist dafür nicht der Hausmeister zuständig?«

»Im Grunde schon. Er ist aber ein äußerst unangenehmer Geselle, ich würde ihn nur ungern in meine Wohnung lassen.«

»Na ja, ich kann ja mal reinschauen und sehen, was ich machen kann.«

»Das wäre wirklich fantastisch. Ich danke Ihnen. Wann können Sie kommen?«

»Morgen früh vor der Arbeit?«

Das war nicht gut. Penelope hatte zurzeit die Frühschicht im Motel. Da würde sie überhaupt nicht zu Hause sein, und das war ja der Sinn der Sache.

»Wäre es möglich, wenn Sie schon heute Abend kämen?«

Ja, das war besser, da könnte er Penelope kennenlernen. Nicht dass er sie nicht schon kennen würde. Sie hatte Julia etliche Male im Diner besucht, doch Mr. Hopper hatte nie viel mehr als

»Hallo« oder »Guten Appetit!« von sich gegeben. Er war wirklich ein schwieriger Fall.

»Na gut, dann bis nachher. Vor neun schaffe ich es aber nicht. Sie wissen ja, dass ich lange im Diner bin.«

»Ja, ja, das weiß ich. Das ist überhaupt kein Problem.«

Sie lächelte ihn noch einmal dankbar an und machte sich dann an die Arbeit.

Heute waren wieder einige Menschen da, die ihre Hilfe benötigten, außerdem kamen auch immer ein paar einsame Männerherzen vorbei, die sich ein Date mit ihr erhofften. Sie ließ sie aber alle – mit wohl bedachten Worten – abblitzen.

Obwohl sie natürlich selbst auch noch auf der Suche nach ihrem Traumprinzen war, hatte sie bisher einfach bei keinem das Gefühl gehabt, er könnte der Richtige sein. Außerdem wollte sie sich auf niemanden aus der Realen Welt einlassen, bevor sie nicht wusste, ob sie auch hierbleiben würde. Es wäre doch fatal, würde sie sich hier verlieben und müsste dann zurück nach Fairyland.

Sie war sich noch immer nicht schlüssig. So sehr sie Los Angeles auch lieben gelernt hatte mit seinen Palmen, den Sternen auf dem Walk of Fame, den Hollywood Hills, der Freiheit, den lieben Menschen, die letztlich doch ganz anders waren, als Mrs. Happy und Mr. Everafter es ihnen prophezeit hatten, dem mexikanischen Essen, den köstlichen Milk Duds, ihrem Job im Diner, und natürlich Penelope und der eigenen kleinen Wohnung, vermisste sie Fairyland doch sehr. Ihr fehlten ihre Eltern und die Geschwister, ihre Freundinnen und die endlosen Weiten voller Wiesen und Blumen. Sie vermisste die eleganten Bälle, die schicken Kleider und ihr riesiges, bequemes Bett in ihrem Burgzimmer.

Natürlich würde alles ganz anders sein, wenn sie zurückkäme. Die Jahre auf der Crown waren vorbei, die anderen Prinzessinnen würde sie nun nicht mehr alltäglich sehen. Sie alle würden in ihre eigenen Königreiche zurückkehren und schon bald ihre Prinzen heiraten. Man würde sich nur noch auf den Bällen begegnen.

Auch fragte Julia sich, ob sie überhaupt alle zurückkehren würden. Sie hatte erst vor Kurzem ein Fernsehinterview mit Cinderellas Tochter Lizzy gesehen. Sie war jetzt eine kleine Berühmtheit in New York, arbeitete als Märchenerzählerin in einer Buchhandlung, plante sogar, eigene Märchenbücher zu veröffentlichen und war allseits beliebt. Und Rapunzels Tochter Tania war als Sängerin in Nashville ganz groß rausgekommen. Würden sie ihre Karrieren aufgeben, um sich wieder dem Leben als Märchenprinzessin zu widmen?

»Was war denn das?«, fragte ein junger Mann an Tisch 7 sie, als sie seine Bestellung aufnehmen wollte.

»Wie bitte?«

»Ihr Müllschlucker ist kaputt?« Er grinste breit und sah dabei zugegebenermaßen ganz hinreißend aus mit seinen Lachfalten und dem süßen Grübchen am Kinn.

»Sie haben mein Gespräch belauscht?«, fragte Julia empört.

»Na, sagen wir mal, ich habe es zufällig mitangehört. Seien Sie ehrlich, Ihr Müllschlucker ist nicht wirklich kaputt, oder?«, flüsterte er jetzt.

»Sie denken, ich lüge?« Ihre Empörung wuchs von Sekunde zu Sekunde.

»Setzen Sie sich«, sagte der Mann.

Julia sah sich einmal nach links, einmal nach rechts um. Dann setzte sie sich ihm gegenüber, seufzte und sagte: »Sie haben mich durchschaut. Ich war noch nie eine gute Lügnerin. Eigentlich lüge ich nicht, es ist mir nämlich strengstens verboten, jedoch musste ich feststellen, dass ein kleiner Schwindel oft der guten Sache dient. Und deshalb denke ich, man kann manchmal doch ein Auge zudrücken.«

Der Mann lachte. Er hatte blondes Haar, ein strahlendes Lächeln, war sportlich gekleidet und gut durchtrainiert. Er sah wirklich umwerfend gut aus.

»Sie wollen ihn also zu sich nach Hause locken, ja?«, fragte er.

Julia nickte schüchtern. »Das ist meine Absicht, ja.«

»Um ihn in Ihr Bett zu kriegen?«

Sie riss die Augen weit auf und setzte sich gerade. »Wie können Sie so etwas von mir denken?«

Schuldbewusst sah er sie an. »Sorry, ich dachte halt ... ich meine ... kommen Sie, das war doch mehr als offensichtlich.«

»Ich habe lediglich versucht, meinen Boss zu mir nach Hause zu locken, um ihn mit meiner Mitbewohnerin zu verkuppeln, weil beide es irgendwie nicht hinbekommen, einen Partner zu finden«, stellte sie klar. »Sie wären ein zauberhaftes Paar.«

»Ach so. Na, da bin ich aber erleichtert. Aber wieso bringen Sie Ihre Freundin nicht einfach hierher in den Diner?«

»Habe ich versucht. Aber die beiden sind so schrecklich introvertiert. Ich muss versuchen, sie aus der Reserve zu locken, und das wird mir sicher am besten in familiärer Atmosphäre gelingen. Moment mal! Wieso sagen Sie, Sie seien erleichtert?«

»Na, weil ich es bin.«

»Tut mir leid, aber das verstehe ich nicht.« Verwirrt sah sie ihn an.

»Wenn Sie selbst an dem Mann interessiert wären, hätte *ich* wohl geringere Chancen bei Ihnen.«

»Chancen ...?«

»Auf ein Date. Ich würde Sie gerne um ein Date bitten. Hätten Sie Lust, mit mir auszugehen?«

Oh. Wieder so ein Kerl, der sich mit ihr verabreden wollte. Nur dass dieser irgendetwas in ihr auslöste, was die anderen nicht geschafft hatten.

Sie sollte nein sagen, das wusste sie. Aber der Mann lächelte sie auf eine Weise an, die ihr ein Kribbeln im Bauch bescherte.

»Sie haben mir noch nicht einmal Ihren Namen verraten«, sagte sie.

»Oh, entschuldigen Sie bitte. Wo sind nur meine Manieren? Ich heiße Simon.«

»Es freut mich, Sie kennenzulernen, Simon. Mein Name ist Julia.«

»Ja, ich weiß.« Simon grinste.

»Woher ...?«

Er zeigte auf ihr Namensschild und sie kam sich schrecklich dumm vor.

»Oh. Natürlich. Nun, Simon, wohin haben Sie vor, mich auszuführen?«

»Ins Kino vielleicht? Das bietet sich doch an in Hollywood. Es sei denn, Sie mögen keine Filme.«

Ein Date im Kino? Er hätte sie mit nichts mehr überzeugen können.

»Ich liebe Filme!«, sagte sie.

»Heißt das, Sie sind dabei? Julia?«

Oh, wie er ihren Namen aussprach …

Sie nickte fröhlich.

»Ist das ein Ja?« Simon lächelte ebenfalls.

»Ja.« Ihr fehlten auf einmal die Worte. Sie kannte dieses Gefühl nicht, dieses Kribbeln …

»Das freut mich wirklich sehr. Wann hätten Sie Zeit? Gleich heute Abend?«

»Da soll doch mein Verkupplungsmanöver stattfinden.«

»Ach, stimmt ja. Dann morgen?«

»Sehr gerne.«

»Wann haben Sie Feierabend? Dann hole ich Sie von der Arbeit ab.«

»Um sechs.«

»Fantastisch. Dann bis morgen also.« Er stand auf.

»Wollen Sie etwa schon gehen? Sie haben gar nichts bestellt.«

»Ich habe bekommen, was ich wollte«, sagte er und lächelte sie an. »Wenn ich Ihnen noch einen Tipp geben darf … Sofern Ihr Müllschlucker nicht wirklich kaputt ist, hilft ein Löffel.«

»Danke für den guten Rat.« Sie errötete. Sonst war *sie* doch immer für die guten Ratschläge zuständig.

»Gern geschehen. Ich freue mich auf morgen.«

»Ich mich auch«, sagte sie und sah Simon dabei zu, wie er aus dem Diner verschwand.

Dann nahm sie Mr. Hoppers Blick wahr und machte sich schnell wieder an die Arbeit.

Kapitel 18

Sie sahen sich *Casablanca* an, als es an der Tür klingelte.

»Wer kann das um diese Uhrzeit sein?«, fragte Penelope verwundert.

»Ach, das ist sicher Tim Hopper.«

»Dein Boss? Wieso besucht der dich denn zu Hause?« Sie runzelte die Stirn.

»Er ist wegen des kaputten Müllschluckers hier. Ich habe ihn darum gebeten, ihn sich einmal anzusehen.«

Penelope, schon in Jogginghose und Schlabber-T-Shirt, jedoch noch immer bezaubernd, sah sie fragend an. »Unser Müllschlucker ist kaputt?«

»Ja, das ist er.«

»Ich habe ihn doch nach dem Abendessen noch benutzt.«

»Jetzt ist er jedenfalls kaputt.« Zumindest war er kurzfristig defekt, nachdem sie Simons Rat befolgt und einen Teelöffel hineingesteckt hatte.

»Oh«, sagte ihre Freundin nur und sah zur Tür hin, während sie sie aufmachen ging.

Mr. Hopper trat ein, ein wenig verlegen, vor allem als er Penelope sah.

»Guten Abend«, sagte er.

Penelope erhob sich von der Couch und sah ihn ebenso peinlich berührt an. Wahrscheinlich war es ihr unangenehm, dass sie ihre bequemen Klamotten anhatte. Julia hatte sie ja warnen wollen, aber dann wäre die Sache aufgeflogen.

»Guten Abend, Mr. Hopper«, brachte sie heraus.

»Wie geht es Ihnen?«

»Gut, danke. Und Ihnen?«

»Auch gut.«

Das war´s. Kein weiteres Wort. Sie beide versuchten, dem Blick des anderen auszuweichen.

Julia schüttelte den Kopf. Das war ja nicht auszuhalten.

»Ähem ... Ihr ... Ihr Müllschlucker ist kaputt?«, fragte Mr. Hopper.

Julia überließ Penelope die Antwort und hoffte nur, dass sie nichts Falsches sagte.

»Ich ... ich denke schon.«

»Dann ... dann werde ich ihn mir mal ansehen. Wo ist Ihre Küche?«

Julia wandte sich an ihre Mitbewohnerin. »Zeigst du unserem Besucher schon mal, wo die Küche ist? Ich müsste noch mal eben ... für kleine Prinzessinnen.«

Bevor Penelope etwas antworten konnte, hatte sie schon den Raum verlassen.

Sie ging nicht wirklich auf die Toilette, sondern lugte aus dem Schlitz der angelehnten Badezimmertür und hörte mit, was die beiden Schüchternen miteinander redeten. Leider war nicht viel zu hören, eigentlich war es sogar extrem still, weshalb sie doch schnell wieder herauskam, um ihnen auf die Sprünge zu helfen.

»Haben Sie ihn wieder hinbekommen?«, fragte Julia, als sie die Küche betrat, wo sie aber freudig entdeckte, dass Mr. Hopper und Penelope Blicke austauschten, die eindeutig Funken versprühten.

»Äh, ja. Es steckte nur ein Löffel drin.« Mr. Hopper hielt ihn in die Höhe.

»Oh, wie dumm von uns. Dass wir das nicht selbst herausgefunden haben.« Julia lachte. Und auch Penelope kicherte verlegen.

»Kein Problem. Ich freu mich, dass ich helfen konnte. Ich ähm ... ich werde dann mal wieder gehen. Ich wünsche Ihnen noch einen schönen Abend.«

Er machte sich auf zur Tür und Penelope begleitete ihn.

»Auf Wiedersehen, Mr. Hopper«, sagte sie.

»Nennen Sie mich doch Tim.«

»Gerne, Tim. Sie können mich Penelope nennen.«

»Ein schöner ... ähm ... Name. Wirklich. Vielleicht sieht man sich ja bald mal wieder.«

Penelope war im Begriff, die Tür zu öffnen, als Julia auf die beiden zuging und sie davon abhielt.

»Vielleicht hat Mr. Hopper ja Lust, sich den Film mit uns anzusehen«, schlug sie vor.

»Welchen Film denn?«, fragte er.

»*Casablanca*. Wir haben gerade vor einer Viertelstunde damit begonnen. Wir könnten ihn auch zum Anfang zurückspulen.«

»Ich ... möchte wirklich nicht stören.«

»Das tun Sie nicht«, sagte Penelope. »Ganz ehrlich nicht. Wir würden uns freuen. Es sei denn, Sie haben schon etwas anderes vor.«

»Nein, nein, ich ...«

»Wir haben auch noch Kuchen da. Bananenkuchen. Penelope ist eine begnadete Köchin und Bäckerin«, erzählte Julia.

»Tatsächlich? Na, zu einem guten Stück Bananenkuchen sage ich nie nein.« Zum ersten Mal an diesem Abend zeigte Mr. Hopper ihnen ein richtiges Lächeln.

Er folgte ihnen zur Couch und ließ sich darauf nieder, dann ließ er sich von Penelope Kaffee und Kuchen servieren. Die Gute war voll in ihrem Element.

Eine Stunde später war *Casablanca* noch in vollem Gange, Julia hatte sich schlafend gestellt und schielte nur ab und zu mal zu ihrer Freundin und ihrem Boss hin. Mr. Hopper hatte Penelopes Hand genommen und hielt sie sachte fest, während Penelope glücklicher aussah, als Julia sie je gesehen hatte.

Kapitel 19

»Wie war Ihre Verabredung?«, fragte Julia Mrs. Fonda am nächsten Tag, als diese zum Mittagessen im Diner erschien und ihren gewohnten Freitags-Cheeseburger bestellte.

»Ganz ausgezeichnet. Er hat mich in einen Jazz-Schuppen geführt und wir haben die ganze Nacht lang Cocktails getrunken und getanzt.«

»Das hört sich wunderbar an. Und? Wollen Sie noch weiter suchen oder bleiben Sie bei diesem Herrn?« Julia zwinkerte der älteren Frau zu.

»Ich glaube, ich gebe diesem eine Chance. Wenn er mich beim dritten Date immer noch von sich überzeugt, bin ich gewillt, ihn in mein Leben zu lassen.«

»Ich hoffe doch, auch in ihr Herz.«

»Da ist er schon längst drin. Mein Herz schlägt bereits Purzelbäume.« Sie lachte.

Julia wurde verträumt. »Ich weiß genau, was Sie meinen.«

»Oh, was höre ich da? Bist du etwa verliebt?«

»Das weiß ich nicht.«

»Wie kann man das nicht wissen, Kindchen?«

»Nun, ich war ja noch nie zuvor verliebt und weiß nicht, wie sich so etwas anfühlt.«

Mr. Fonda lachte laut auf. »So etwas weiß man einfach. Schlägt dein Herz schneller, wenn du ihn siehst? Brichst du in Schweiß aus und flattern Schmetterlinge in deinem Bauch? Bleibt dir die Sprache weg und wird dir schwindlig?«

Julia nickte.

»Was davon?«

»Alles«, gestand sie.

»Na, dann bist du auch verliebt. Eindeutig. Weißt du denn, ob es ihm genauso geht?«

»Noch nicht. Aber ich werde es herausfinden, wenn ich mich heute Abend mit ihm treffe.«

»Oho. Du hast endlich jemandem zugesagt? Ich bekomme ja mit, wie viele Verehrer dich tagtäglich um ein Date bitten.«

»Ja. Diesmal habe ich zugesagt.« Sie lächelte.

»Ich hoffe, der Junge weiß, wie glücklich er sich schätzen kann. Wo soll es denn hingehen?«

»Ins Kino.«

»Ja, prima. Da kann man so schön im Dunkeln knutschen.«

»Mrs. Fonda! Für wen halten Sie mich?«

»Da ist doch nichts dabei.«

»Ich habe noch nie in meinem Leben *rumgeknutscht*, wie Sie es nennen.«

»Na, dann ist es aber höchste Zeit«, sagte Mrs. Fonda und lachte.

Als Simon sie am Abend abholte, musste sie noch immer an Mrs. Fondas Worte denken. Sie errötete ganz schrecklich, als Simon sie ansah und verschmitzt lächelte.

»Sind Sie bereit?«

»Ja, das bin ich.«

Simon sah heute wieder unfassbar gut aus. Er trug eine schwarze Hose, dazu schwarze Schuhe und ein kurzärmeliges hellblaues Hemd, das perfekt zu Julias blauem Kleid passte.

»Als hätten wir uns aufeinander abgestimmt«, bemerkte Simon auf dem Weg zur Saftbar, wo er sie vor dem Kino noch auf ein Getränk einladen wollte.

Sie gingen nebeneinanderher und Julia spürte die ganze Zeit dieses Kribbeln.

Konnte es sein, dass sie tatsächlich verliebt war? Sie kannte Simon doch noch überhaupt nicht, wusste nicht, was er beruflich tat, wie alt er war, sie kannte nicht einmal seinen Nachnamen. Also begann sie, ihn auszufragen, und hoffte, dabei nicht allzu aufdringlich zu sein. Doch Simon beantwortete all ihre Fragen mit einem Lächeln und wollte ebenso viel von ihr wissen.

Während Julia ihm nur preisgeben konnte, dass sie liebe Eltern, zwei Brüder und vier Schwestern hatte, mit einer Freundin zusammenwohnte und ab und zu schauspielerte bzw. modelte, erfuhr sie von Simon, dass er mit Nachnamen Walker hieß und einen Bruder namens Vince hatte, der in Seattle wohnte, dass er als Personal Trainer für die Promis arbeitete, dass er im Gegensatz zu den meisten Menschen in Hollywood noch nie versucht hatte, zu schauspielern, dass er gerne Gitarre spielte, wanderte, Actionfilme sah, scharfe Chicken Wings aß und frischen Pfefferminztee trank. Er versuchte, jede Nacht seine acht Stunden Schlaf zu bekommen, trank niemals Alkohol und lebte sehr gesund. Er hatte bereits zwei längere feste Beziehungen hinter sich, war sechsundzwanzig Jahre alt und hatte vor, mit spätestens dreißig zu heiraten und eine Familie zu gründen.

»Wow«, sagte Julia und wunderte sich darüber, dass er so viel von sich preisgab.

»Hab ich zu viel erzählt? Hab ich Sie verschreckt? Das wäre nicht das erste Mal, dass ich einer Frau mit meinen Zukunftsplänen Angst einjage.«

Julia lächelte. »Nein, überhaupt nicht. Ich finde es ganz wundervoll, dass Sie so genaue Vorstellungen haben und vor allem, dass Sie heiraten möchten.«

»Was ist mit Ihnen? Haben Sie auch vor, zu heiraten?«

»Aber natürlich. Eigentlich ist es sogar so, dass von mir erwartet wird, dass ich mir, sobald ich zurück in Fai... zu Hause bin, einen Prinzen zum Heiraten suche.«

»Oh wow, einen Prinzen gleich?«

Oje.

»Ich meine natürlich einen ... Traumprinzen. Einen geeigneten Mann, mit dem auch meine Eltern einverstanden sind.«

»Was würden Ihre Eltern zu mir sagen?«, fragte er und grinste.

Dass er kein Prinz und nicht angemessen war.

»Sie würden Sie sicher mögen«, sagte sie, weil sie ihn nicht verletzen wollte.

»Na, da bin ich beruhigt. Stehen Sie Ihren Eltern sehr nah?«

»Ja. Und meinen Geschwistern auch, besonders meiner Schwester Ruby. Sie lebt jetzt in Venedig. Ich hoffe sehr, sie einmal dort besuchen zu können.«

»In Italien? Da wollte ich schon immer mal hin. Nehmen Sie mich mit, wenn Sie hinreisen?«

Julia sah ihm in die Augen und war sich ziemlich sicher, dass er nur Spaß machte. Sie nickte. Es würde ja doch nichts daraus werden.

Wie sich nämlich herausgestellt hatte, war Venedig viel weiter weg als sie angenommen hatte. Man musste einen ganzen Ozean überqueren, und das mit einem dieser Dinger namens Flugzeuge, die ihr ganz und gar nicht geheuer waren. Solch eine Reise ganz allein in Angriff zu nehmen, und das ohne die Erlaubnis des Märchenrats, war ihr doch zu riskant.

Sie saßen im Kino. Der Film begann. Sie hatten sich auf eine Komödie geeinigt, bei der es wirklich viel zu lachen gab.

Sie knutschten aber keinesfalls herum, wie Mrs. Fonda es ihr vorgeschlagen hatte. Ganz im Gegenteil, am Ende des Abends, als Simon sie ganz Gentleman nach Hause brachte, war noch immer überhaupt nichts passiert zwischen ihnen. Kein zufälliges Streifen der Hände, keine flüchtige Hand um die Taille, kein Abschiedskuss. Julia sollte es recht sein, sie war kein leichtes Mädchen, aber wundern tat sie sich schon. Sie wusste doch, wie die Männer der Realen Welt waren. Das konnte doch nur bedeuten, dass Simon absolut nichts von ihr wollte, oder?

Als er gegangen war, hinterließ diese Erkenntnis einen komischen Nachgeschmack bei ihr. Traurig ging sie zu Bett und dachte nicht, Simon je wiederzusehen.

Kapitel 20

Julia hatte sich geirrt. Simon tauchte nämlich am nächsten Tag im Diner auf, und diesmal bestellte er etwas. Von da an kam er beinahe jeden Tag, setzte sich an einen ihrer Tische und unterhielt sich mit ihr.

Julia wusste nicht, wie ihr geschah. Sie konnte es kaum erwarten, ihn zu sehen. Und sie freute sich unglaublich, wenn er sie um ein weiteres Date bat.

Sie gingen ins Kino, essen, sogar wandern oder schwimmen. Er brachte sie an die schönsten Strände Kaliforniens, nach Santa Monica, Venice Beach oder Santa Barbara. Es waren die unglaublichsten Wochen in ihrem Leben, und doch vermisste sie etwas, und das wurde mit der Zeit so unerträglich, dass es ihr Herz schmerzen ließ.

Eines Tages, als sie durch die Santa Monica Mountains wanderten, konnte sie es nicht länger zurückhalten.

»Simon, darf ich dich etwas fragen?«

»Na klar.«

»Bin ich nur eine platonische Freundin für dich? Nicht mehr als das?«

Er blieb stehen und sah zu ihr herab, sah ihr tief in die Augen.

»Natürlich nicht, Julia. Wie kommst du denn darauf?«

»Nun, was soll ich denn sonst glauben? Wir haben uns in den letzten sechs Wochen fast täglich gesehen und du hast kein einziges Mal versucht, mich zu küssen.«

Simon nahm ihre Hände in seine. »Doch nur weil du anders bist als alle anderen, weil du etwas Besonderes bist. Ich wollte einfach warten, bis du mir ein Zeichen gibst.«

»Oh, Simon. Ich möchte es so sehr. Ich hoffe, dies ist dir Zeichen genug.« Sie legte ihren Kopf schief und schloss die Augen.

Doch es geschah nichts. Fast schon glaubte sie, es sei vergebens, als sie seinen Atem ganz nah spürte und seinen ganz eigenen Duft – eine Mischung aus Aftershave, Schweiß und frischer Minze – vernahm. Und dann war es endlich soweit: Sie wurde geküsst, zum allerersten Mal. Und sie glaubte, dahin zu schmelzen. Ihr war schwindlig, heiß und kalt zugleich, alles in ihrem Körper kribbelte und sie wollte, dass dieses Gefühl niemals aufhörte.

Als Simon sich dann aber doch von ihr löste, nach einer gefühlten Ewigkeit, strahlte sie ihn an.

»So habe ich mir meinen ersten Kuss vorgestellt«, sagte sie verzückt.

»Siehst du? Und nichts anderes hättest du verdient gehabt.«

»Es gibt da etwas, das ich dir mitteilen sollte, Simon. Ich muss nämlich in bereits zwei Wochen zurück in meine Heimat. Es gäbe da allerdings etwas, das mich zum Hierblieben bewegen könnte ...«

Simon strich ihr eine Haarsträhne aus dem Gesicht und sagte: »Bitte bleib, Julia. Ich will nicht, dass du gehst.«

»Und warum nicht, Simon?«

»Weil ich mich unsterblich in dich verliebt habe und mir kein Leben mehr ohne dich vorstellen kann.«

Überglücklich lächelte Julia ihn an, den Mann, der sie so verzauberte.

»Mir geht es genauso, Simon.«

»Bitte sag es mir, Julia. Liebst du mich auch?«

»Ich liebe dich, mein Herz.«

Julia stellte sich auf Zehenspitzen und küsste ihren Traumprinzen, der ihren Kuss erwiderte und sie diesmal sogar noch höher fliegen ließ.

Kein Märchen hätte schöner enden können. Kein Paar hätte glücklicher sein können. Keine Geschichte hätte besser ausgehen können. Aber das sollte noch nicht alles gewesen sein.

Epilog

Zwei Wochen später.

Julia hatte gerade vor zwei Tagen erst den Ältesten Winston vom Hohen Märchenrat bei sich gehabt, der sie zurückholen wollte. Sie hatte ihm jedoch gesagt, dass sie in der Realen Welt bleiben wollte, und so sehr er es auch bedauerte, änderte sie ihre Meinung nicht. Sie bat ihn aber noch, ihrer lieben Mutter einen Brief von ihr zu überbringen, in dem sie ihr erklärte, dass sie ihre wahre Liebe gefunden hatte und bei ihm bleiben musste. Sie wusste, tief in ihrem Herzen würde Schneewittchen es verstehen.

Es war Abend. Julia saß glücklich in ihrem Zimmer, das mit Postern der großen Filmdiven geschmückt war, und durchblätterte eines der vielen Star-Magazine, die sich in ihrem Zimmer stapelten. Dabei aß sie Milk Duds und hörte leise Musik. Sie trug ihr hübschestes Kleid, das rosafarbene, in dem sie sich wenigstens ein bisschen wie eine Prinzessin fühlte. Denn obwohl sie ihre Entscheidung nicht bereute, vermisste sie es doch ein wenig, Prinzessin sein zu dürfen.

Im Wohnzimmer sahen sich Penelope und Mr. Hopper einen Film an und knutschten sicherlich dabei herum, weshalb Julia sich verzogen hatte. Sie freute sich sehr für die beiden, sie gehörten einfach zueinander. Penelope war so unglaublich glücklich. Sie schmiedete Zukunftspläne und freute sich, nun noch mehr Menschen bekochen zu dürfen. Neben Tim Hopper kam nämlich auch Simon sehr oft vorbei. Heute allerdings hatte er keine Zeit, das hatte er ihr gesagt.

Auf einmal aber hörte Julia etwas. Es kam von draußen. Sie stellte ihre Musik ab und ging zum Fenster, um nachzusehen, was da auf der Straße los war.

Unten stand Simon. Er hatte eine Gitarre in der Hand und spielte ihr ein Lied. *Moon River* aus dem Film *Frühstück bei Tiffany* – ihr liebster Song auf der ganzen Welt.

»Was machst du denn da?«, rief sie freudig hinunter.

Simon sah zu ihr auf und strahlte. »Sieht man das denn nicht? Ich mache dir einen Antrag.«

Ein Antrag? Julia stiegen Tränen in die Augen. So etwas Romantisches hatte noch nie jemand für sie getan. Kein Fairyland-Märchen könnte romantischer sein als das hier.

Sie sah Simon dabei zu, wie er das Lied fertig spielte und dann auf die Knie ging. Sie sah nun auch Penelope und Mr. Hopper aus dem Nebenfenster gucken und die ganze Nachbarschaft sah ebenfalls zu.

Simon hielt einen Ring in die Luft.

»Julia! Meine wunderbare Julia! Wie glücklich ich bin, dich getroffen zu haben. Ich weiß, ich habe gesagt, ich möchte mit dreißig verheiratet sein, und bis dahin ist noch ein wenig Zeit … ich kann es aber kaum erwarten, den Rest meines Lebens mit dir zu verbringen und möchte dich jetzt schon fragen, ob du meine Frau werden willst.«

Julia weinte nun vor Glück. Der Mann, den sie liebte, wollte sie zur Frau nehmen.

»Ja, das will ich, Simon!«, rief sie hinunter und er sprang in die Luft. Mitsamt seiner Gitarre kam er die Treppen zu ihr hochgelaufen und sie fielen sich in die Arme.

»Du kannst dir gar nicht vorstellen, wie sehr ich mich freue. Und wie erleichtert ich bin. Wäre wirklich peinlich gewesen, wenn du nein gesagt hättest.« Er grinste und steckte ihr den Ring an den Finger.

Sie betrachtete den dünnen goldenen Ring verzückt. »Du bist wirklich verrückt, Simon. So etwas hätte ich nie von dir erwartet.«

»Dann kennst du mich wohl doch noch nicht so gut, wie du dachtest, was?«

»Ich habe ja den Rest meines Lebens Zeit, dich kennenzulernen.«

»Das hast du. Hmmm ... wenn du das nicht erwartet hättest, erwartest du sicher auch nicht das hier, oder?« Er ging auf Mr. Hopper zu. »Gut, dass Sie da sind. Ich möchte Sie nämlich um einen großen Gefallen bitten. Würden Sie Julia Ende des Monats eine Woche Urlaub geben? Da würde ich sie nämlich gerne auf Hochzeitsreise entführen.«

Simon meinte es wirklich so ernst? Er wollte sie schon so bald heiraten?

»Ich denke, das lässt sich einrichten«, meinte Mr. Hopper.

Penelope war außer sich vor Freude und gab Julia eine dicke Umarmung.

»Vielen Dank. Natürlich sind Sie zur Hochzeit eingeladen«, sagte Simon.

»Und Penelope muss unbedingt meine Trauzeugin sein. Wenn du möchtest, liebste Freundin.«

Und ob Penelope wollte. Sie umarmte sie gleich noch einmal.

Simon legte nun einen Arm um Julias Taille und küsste sie sanft.

»Wo soll es eigentlich hingehen?«, fragte sie ihren Zukünftigen. »Wohin willst du mich entführen?«

Er holte zwei Flugtickets hervor. »Ich kenne da einen sehr romantischen Ort in Italien ...«

Julia staunte. Sie starrte auf die Tickets und las das Wort *Venedig*. Sie würde ihre Schwester Ruby wiedersehen! Ein schöneres Geschenk hätte Simon ihr nicht machen können.

Sie sank in seine starken Arme und wollte für immer darin verweilen.

Julia war glücklich, so glücklich, wie eine Prinzessin nur sein konnte. Und auch wenn es bisher mit der großen Hollywood-Karriere noch nicht geklappt hatte, so gab sie die Hoffnung doch nicht auf, eines Tages ein großer Filmstar zu sein. Denn Träume können wahr werden, wenn man nur daran glaubt – Happy Ends gibt es nicht nur im Märchen.

Ebenfalls erhältlich:

Band 1 der Princess-in-love-Reihe:

In diesem ersten Band der Princess-in-love-Reihe begleiten wir Lizzy, jüngste Tochter von Cinderella und Prince Charming, nach New York City. Wird Lizzy ihre Prüfung bestehen und wird sie ihren Prinzen vielleicht sogar inmitten von Wolkenkratzern statt von Märchenschlössern finden?

Band 2 der Princess-in-love-Reihe:

Rosaly, Tochter von Dornröschen und Prinz Philipp, darf ihr Magical in New Orleans absolvieren, wo sie den Liebenden als Hochzeitsplanerin behilflich sein soll. Schon am ersten Tag begegnet sie dem Jazzmusiker Henry, jedoch hat sie für eigene Liebesangelegenheiten leider kein ganz so gutes Händchen.

Band 3 der Princess-in-love-Reihe

Wanda, Tochter von Arielle und Prinz Eric, verschlägt es nach Miami. Dort soll sie ihr sechsmonatiges Magical absolvieren und ein wenig Magie verbreiten. Eigentlich möchte Wanda nur Gutes tun und fängt als Altenpflegerin in einem Seniorenheim an, wo sie mit Leidenschaft ihre Märchengeschichten erzählt, doch dann wird sie am Strand von einem Modelscout entdeckt, der das neue Supermodel aus ihr machen will. Wird sie sich auf dieses Abenteuer einlassen?

Ab Juli im Handel:

Band 5 der Princess-in-love-Reihe

Tania, Tochter von Rapunzel, darf die sechs Monate ihres Magicals in Nashville, Tennessee verbringen, was sie ganz besonders freut, da sie äußerst musikbegeistert ist. In der Stadt der Countrymusik wird sie sogar gleich entdeckt und kommt groß raus. Und im Grunde unterscheidet sich ihr neues Leben in der Realen Welt kaum von dem in Fairyland – wäre da nicht diese schreckliche Einsamkeit.

14633522R00082

Printed in Poland
by Amazon Fulfillment
Poland Sp. z o.o., Wrocław